Seba・蝴蝶

Seba · 蝴蝶

蝴蝶館 56

命運之輪

Seba 蝴蝶 ◎ 著

寫在前面

雖然是遊戲之作，還是先說明一下好了。

的確是觸發於《來自遠方》（漫畫家冰川京子），算是另一種型態的致敬作。

不過當年《來自遠方》算是很創新，非常令人感動，冰川老師的細膩手法也讓人激賞。

但《來自遠方》是很久以前的作品了。在她之後，不管是小說還是漫畫，都開始大量出現類似的情節。尤其是少女漫畫……真的很多。

第一部，超感動。

第二部，不錯感動。

第三部，啊？又是？

第四部，喔……

……

第N部，夠了！

歸納起來就是女主角是某種特殊存在，也是男主角的「命定」，然後女主角只會被綁架和喊男主角的名字，男主角只會救女主角和喊女主角的名字。

然後真愛拯救世界，可喜可賀、可喜可賀……絕對，沒有問題～☆

問題可大著呢！（翻桌）

我不在意老梗，甚至老梗能玩弄得非常好看，這是功力。但是老梗玩弄得莫名其妙，僵化公式，我很在意，而且會看到翻桌。

類似的老梗，《來自遠方》是我一直會不斷回味的老漫畫，但是某些漫畫家的作品已經讓我歸到拒絕往來戶了。

所以呢，就出現這部用類似設定反動的吐槽型小說。

至於時空設定，就設定在神器完整，神族最終末之後幾千年。馬雅學院屹立不搖，到那個時候還存在，而上神殞落已久。

但就算不知道時空設定還是一樣看得懂啦。（揮手）

反正是寫來吐槽的，所以會看我反覆玩一些老梗……本來，真的沒打算寫，只是被逼啊……我很想喊住手。**Orz**

之所以會完稿，完稿以後為什麼會出版……請洽出版社。我也不太清楚。

吾輩再次善盡告知義務。

命運之輪

一面奔跑，她一面拚命思索咒文。

要命了這……她還沒統合完畢，許多細節都很模糊。可惡的愚人們……雖然知道他們會用死亡洗滌自己的愚蠢……但這個事實對她一點幫助都沒有！

火焰的咒文是啥啊?!中間那段就是記不起來……後面追著的恐鳥就要撲上來了啊！

不管了，就算會反噬，不完整的咒文總比一點抵抗力也沒有好！

「天地曙光……」她才起咒，後面的那群恐鳥已經完全爆裂開來，一個動盪一個，整群炸得燦爛輝煌，連明亮的月光都相形黯淡。

……呃？我幾時這麼厲害了？她看著自己的手掌，摸不著頭緒。

直到一道冰冷充滿殺氣的視線驚醒了她。背著光，一個冷漠矯健的少年看著她，按著劍。

……太早登場了吧？雖然她早就知道，會有這樣的命定……但發生的時間，卻比她想像中的早好幾倍。

不行，不是發呆的時候。快呀！快想起咒文……什麼都行，只要是攻擊性的……但那少年舉起劍……完了。

卻劈向她背後一個食屍鬼，劍氣轟然的轟出五尺的距離，當然讓食屍鬼也跟著粉碎，腐爛的碎肉和血液都濺到她身上。

好噁心啊這……

「……我瘋了嗎？」少年喃喃自語，「真是夠了……」他攔腰抱起個頭很小的少女，飛躍上纖細的樹枝。

嘖，原來「命定」是魔劍士啊……而且良心滿飽滿的。

她略略鬆了口氣，雖說被這樣攔腰扛走有點不舒服……但她終於找到時間好好統合一下，仔細思索回憶細節。

至於魔劍士殺得怎麼血流成河、血肉橫飛，她就不甚在意了。只是被噴濺到血或啥的，深有潔癖的她才會一臉厭惡的試圖抹掉。

等魔劍士漠然的將她扔在一個泉邊，還殘存自然精靈庇護的水泉，讓邪惡不敢靠近。她確定安全了，才咕噥著撕下襯衣，在不染污水泉的前提下，設法弄乾淨點。

少年魔劍士一直沒說話，只是冷冰冰的俯瞰她。

「……不用看啦，你沒有那種狠心下手。」她不甚耐煩的擦著自己的臉，稚嫩柔和的臉龐，語氣卻那麼老氣橫秋，「別人家占卜什麼你就信什麼……笨蛋。占卜者都是群神經病……而且看到的畫面也不見得就是真相。一陰兮一陽，看似簡單當中卻很複雜。」

少年的眼神凌厲起來，變得非常可怕。

「這個，」少女指了指自己胸膛，「就是能誘發你所有封印和能力的『陰』，對吧？你不想承擔沉重龐大、可能毀壞世界的宿命，所以想著把『命定[1]』抹殺了就好，對吧？」

少年的眼神驚愕，漸漸戒備。

「這是一種很蠢的做法。」少女的眼神滄桑，「個性決定命運，你的個性讓你沒辦法下手……而且你來得不是時候。早點晚點都好……現在不是時候。」

她揮手像是趕小雞一樣，「過幾年再來吧。等你長大點……」

他終於開口，聲音冰冷，「妳怎麼知道的？」

少女稚嫩的臉龐卻帶著成熟的微微厭倦，「不說我是個不錯的巫師，隨便喜歡看愛情小說的都能告訴你類似的後果。我不但看了三十個王國圖書館的法術典籍，而且所有的書都看了……包括愛情小說。」

少年皺緊了眉，隱隱覺得不太對勁。眼前的少女有種奇妙的違和感……靠近她就覺得封印隱隱作痛，很難自我控制，但又有一股奇異的氣息排斥著，讓他的封印只是震盪而不是崩潰。

1：《來自遠方》的女主角因為一場意外，從現世掉落異世界，成為異世界的「覺醒」。異世界的占卜者預言，「覺醒」將誘發名為「天上鬼」的怪物復甦，而使世界大亂。

「你一定在想，怎麼跟你想像的不一樣，對吧？」稚嫩嬌柔的少女盤腿坐著，倚著水泉邊的樹，「你來得太晚……你在找的解封者其實不在了。但也來得太早……因為我還沒找到她。」

「……妳知道自己的身分是最好的。」少年沉下臉，殺氣慢慢浮現。

「你不用動手。」少女自棄的嘆了口氣，抬起脖子給他看一個癒合不久、依舊怵目驚心的巨大疤痕，「我只救到她的身體，卻來不及抓住她的魂魄。你打算殺她還是順從宿命啥的，等我找到她再說吧。」

少年不為所動，「妳以為我會相信嗎？」

「哼。」少女的臉孔浮現狡黠的笑，「這樣，你就該相信了吧？」

一股霧氣緩緩的從她身上升起，而少女的眼神漸漸呆滯，像是木偶一般倒在一旁。

輝煌的霧氣隱隱約約勾勒出一個女子的朦朧身影，扠著腰，「如何啊？這下總該相信了吧……魔劍士。你一定看過幽靈或巫妖吧？……哇靠！她停止呼吸和心跳了！馬的都是你！老娘救得差點把記憶都弄沒了混帳……」

霧氣急速的奔入少女體內，一陣驚天動地的大咳，頸上的傷痕滲血，她還用力的捶了幾下自己的心臟，「快跳啊！別死掉！馬的……」

一向沉著冷靜的魔劍士瞋目。他自從知道自己龐大不祥的宿命，就外出流浪多年，看過許多稀奇古怪的事情……但從來沒有比現在的更離奇。

「得救了……呼呼……」狼狽的少女喘著，嚴厲的指過來，「所以！你過幾年再來找我吧！那時候我應、應該找到她了……」

所以，會誘發他宿命的「命定」死了。一個不知名的幽靈佔據了她的身體？而那個幽靈，還試圖把「命定」的魂魄找回來？

「……妳是誰？」

「你說這個肉體？」少女指著自己，「她叫做愛麗……」

「不，我是問妳。」少年收起劍，深思的看著她，「妳是誰？」

「重要嗎這……」她搔首，「逢末・夜歌。你直接叫夜歌就好了……」

逢末・夜歌？

百年前橫跨法師和術士兩大領域，被尊稱為大巫師的逢末・夜歌?!

「大巫師又怎麼樣啦？還不是死了。」她撐著臉，「死了還不得安寧，趁死亡的那一刻，我被弟子偷襲，變成人工巫妖啦。」

「……夜歌之影。」

「對啦。我那個笨弟子拿我當看門狗，佔據了一塊鬼地方。那鬼地方就叫做夜歌之影……幸好我解脫了，可以回到大道的懷抱……」

她帶著不符合年齡的豔笑按著少女的胸膛，「我能解脫，就是愛麗這孩子的天賦所致……那時她才六、七歲，真是自然寵愛的天賦之子啊！她迷路到夜歌之影……那時我的自我意識都快撐不下去了，她卻輕輕鬆鬆的破除我的封印，讓我自由……」

「那麼，她為什麼會死呢？」

夜歌的笑漸漸變苦，「……因為她的自然天賦雖然很強大，卻還是個人類的孩子。她今年才十四歲，你知道嗎？她出生的落點很差，村莊就在邪惡的夜歌之影附近。

她是……大道平衡的賞賜。出生就是為了壓抑這個森林的邪惡，可不是你的專屬品……但人類，是種愚昧昏庸的種族。實在不配這種恩賜。」

當邪惡漸漸從夜歌之影蔓延的時候，愛麗出生了。如此鄰近邪惡的幾個村莊沒有被毀滅，是因為大道為其平衡賞賜了一個神聖的孩子。

但人類不懂，甚至將愛麗視為不祥。在邪惡越來越深重的時候，這種偏見越來越激烈，最後把愛麗綁赴祭壇殺害了。

「我花了幾年才把自己的污穢洗乾淨，本來有機會成為神靈的侍從。我是想去服侍火之王……只是我受過這孩子的恩惠，我想在離開人世之前看看她……」

夜歌無奈的指著脖子上的瘡疤，「我看到的卻是這個。」

「我只來得及把一息尚存的肉體救下來，靈魂卻不知道飄盪到哪去了。她不應該是這樣的宿命……我絕對不要承認。」她揮了揮手，「所以你過幾年再來吧，等我找到再說。」

「……失去大道平衡的恩賜，這森林的人……」少年猛然抬頭。

「唔？你不是看到食屍鬼了嗎？」夜歌露出殘酷的笑，「愚人們給自己判死刑了啊……哈哈哈哈哈～」

……這個大巫師，沒有半點悲天憫人的胸懷啊。

「我叫烈。」少年面無表情的跟在她後面。

「關我什麼事情啊？」夜歌沒好氣的吼，「小孩子不要攪和，滾旁邊玩沙去！」

烈不為所動，「妳的內在是大巫師……軀殼則是我的『命定』。妳一定知道要怎麼解除我的宿命吧？」

「……我差點把自己的記憶都賠進去才救活愛麗！」夜歌白了他一眼，「現在我統合得這麼差勁，記起來的還沒幾樣！我沒時間當褓姆，去旁邊畫圈圈！」

「妳總會記起來的。」

「你到時候再來找我不就行了？」夜歌滿臉厭惡，「你隨便放個追蹤法術好了……別跟我說你不會吧？魔劍士？愛麗是個很可愛甜美的小孩子，你們到時候再去扯皮你們的命定……讓我好好報恩不要煩我！」

他沒有說話，只是沉默的跟在後面。

可惡，她最討厭小孩子了……那個背叛的弟子就是她從小養大的。下流卑鄙的人類！

愛麗？愛麗是大道的孩子，不是人類的孩子。

「我不知道要找到什麼時候!!」她脾氣很壞的對著身後的魔劍士吼。

沒有任何回答。她跟牆壁說話說不定還有回音。

……這跟小說寫得不一樣！她也沒興趣跟小說男主角走什麼羅曼史的歷程！

「我只是代班啊……」她抱怨。

「……」他還以為赫赫有名的大巫師沉默寡言……沒想到這麼聒噪，一路自言自語的發脾氣。

說不定會很有趣，他想。

終於穿越森林。森林不遠處，有個小鎮名為「光輝」。

這是個陸路和水路（河流）的轉運站，是個活力十足的地方。

說實在話，烈很想進小鎮補給一下，順便看看有沒有什麼委託可以接……此時他捧著一個燒餅大的銅幣，面對夜歌默默無言。

「看、看什麼看！」氣喘吁吁的夜歌罵，「有、有什麼辦法……提、提純銅礦不是、不是那麼簡單！我成功了欸！只、只是出了一點小小的差錯……尺、尺寸有點不合……」

……這是製造偽幣吧？魔法師禁律就有禁止偽造錢幣這條，連他這個跟魔法只有一點關連的魔劍士都背得滾瓜爛熟。

大巫師可以不守禁律嗎？

望著蹲在地上還在回憶修補咒文陣的夜歌，烈淡淡的說，「我有錢。」雖然不多，但補給休息應該是夠的。

「誰要用你的錢！」夜歌揮拳頭，「我就快想起來了，不要吵！你、你先拿那個看看有沒有傻瓜肯跟你交易……」

……就算腦袋傻到穿孔也不會有人被燒餅大的銅幣騙到吧？

但他的問題很快就解決了。用腦過度的夜歌仰面倒下，昏過去了。昏過去才看得出來，這真是一個十四歲的少女，兒童似的稚嫩還沒褪去，風韻才露一點嫩芽。

醒著的時候根本沒辦法聯想在一塊兒。

暗嘆了口氣，他將昏迷的夜歌背起來，默默的用腳抹去咒文陣的痕跡。

雖然是燒餅大的銅幣，但也真的很不簡單。這個百年前的大巫師，只在泥土上畫咒文陣，就能提純土壤蘊含的極少量銅礦，然後轉換成銅幣。

或許，她會有辦法……如果她全想起來的話。

一直活在陰霾中的他，第一次迎接了希望微弱的曙光。

咦？我在哪？

溫暖，劈哩啪啦的柴火聲……還有全身關節肌肉發出來陣陣的痠痛。嗚……這是年老的感覺嗎？

「妳醒了？」清冽的聲音響起，她痛苦的運轉脖子，不但頸骨痛，傷疤更痛。

瞪著面無表情的烈，她沙啞的問：「這哪？」

「旅店。」

「我……」她想彈起來發脾氣，卻被全身的痠痛一繃，蜷縮成一團。

嗚喔，很痛的樣子。烈默默的想。沒有鍛鍊過的小女孩，瀕死就在森林裡逃命，還榨腦力偽造銅幣……應該比重感冒導致的全身痠痛還嚴重吧？

「我讓他們先別送洗澡水去浴室好了。」烈轉身，卻被揪住衣襟。

「我、要、洗、澡！」夜歌咬牙切齒的說。開玩笑！她覺得自己已經臭到要腐爛了！像她這種嚴重潔癖的人，當了幾年的幽靈沒有怨言就是因為……不會髒！

她拒絕了烈的幫助，顫顫的扶牆，像個可憐的老太婆一般，一步步困難的挪進浴室裡，關門之前很有氣勢的喊，「幫我叫人換掉所有床單和被子！」

……這位大巫師之前生活得很奢華嗎？烈扶了扶額，還是外出吩咐了旅店老闆娘，如她所願的換了所有床單和被子。

泡了好久，夜歌才覺得痠痛略好些。這個身體真瘦弱……禁不起折騰。好多瘀青和陳傷……人類真是愚蠢，明明是個好心溫柔的孩子，卻這樣遭受惡待。

……但現在倒楣的是她啊！她差點就沒體力爬出澡盆……如果不是身為大巫師的尊嚴勉強撐住，真的會淹死在澡盆裡。

先弄到錢，卯起來吃肉吧。她一面哎唷一面換上衣服，想辦法把愛麗的身體養好！

等她蹣跚的走出浴室時，烈坐在桌旁，正在看一本書。桌上擺著熱騰騰的食物。人在屋簷下不得不低頭啊……夜歌真是熱淚盈眶。算是借的好了，以後十倍還就是了……

她喝了一口濃湯，瞥見烈正在看的書，噗的一聲都噴出來。

不愧是身手矯健的魔劍士，居然沒有被噴到，用劍氣彈開了濃湯（和口水）。

「你……你你你……」夜歌漲紅著臉指著他，「你在看什麼鬼?!」

「逢末・夜歌傳。」烈靜靜的回答。

「啊啊啊啊！你在苦主面前看這種胡說八道不覺得很沒有禮貌嗎?!」夜歌快抓狂了。

「這是據說最詳實的版本。」

「詳實個屁啦詳實！你不會問我就好囉?!」

烈根本無視夜歌的抓狂，「妳真的只活到二十八歲嗎？」

「……對啊。」夜歌挪開視線。

「死因真的是驅除了整個大陸的惡魔嗎？」

「不是我一個好嗎？」夜歌扁了眼，「很多法師都為了這個原因一起支援，構成廣大咒陣。我只是當中一個……看什麼看？老娘五歲就展現魔法天賦，十八歲就取得大巫師的頭銜囉。該看的書都看完了，死掉也沒什麼……只是沒想到養老鼠咬布袋，會被自己養的弟子……」

烈沉默了一會兒，指了指書，「妳唯一的弟子好像只小妳三歲欸。」

「那還是小鬼啊。我取得大巫師頭銜時領養他，那時還是個家破人亡的小孩子啊……你不懂啦，心智上，我這種絕世天才的成熟度絕對是超過所有人的，更遠勝那小鬼啊！……」

烈突然覺得，有點了解那個巫師學徒的背叛原因。

如果一直都是這麼聒噪傲慢自大的大巫師……她的學徒真的要有超人的意志力

才行。

有幾頁，他臉微微的紅，快快的翻過去。

「我知道你看到哪邊了，」據案大嚼的夜歌笑了兩聲，「細數我的入幕之賓對吧？喵低啦！老娘可是看了三十個國家圖書館的書，研究了一輩子的術法……我有那個閒工夫去跟男人陪笑臉滾床單嗎?!倒是有很多男人跟我講到一句話就能編出一大套啊……哼！文明之所以會進展遲緩，就是人類花了太多時間去做無謂的事情！……」

看了看憤慨猛吃的夜歌，又看了看被形容得宛如魔女的冷豔大巫師……犧牲年輕生命的過程輕描淡寫，受了恩惠，就會不顧一切的回報。

他彈指，把那本《逢末．夜歌傳》燒掉。

她的表情真是困惑到極點，還咬著湯匙。實在……有點好笑。

「果然是胡說八道。」他淡淡的說，喝著有點涼的濃湯。

「……隨便下判斷好嗎？那只是我的一面之辭喔。」夜歌緊緊皺著眉，「研究魔法的人需要有懷疑的精神！不然真理就不會真正顯現！你雖然只是個魔劍士……」

「很沒說服力。」覷了她一眼，烈低頭喝湯，「妳的臉頰有飯粒……和別的。」

「啊？真的！水水水，水在哪……」她衝進浴室。

用那張孩兒似的臉孔教訓人，而且上面沾著奶油和飯粒。

雖然很想忍耐，他還是無聲的笑出來。

*　*　*

「為什麼，會有鐵欄杆？」握著兩根彎曲鐵絲的夜歌氣得發抖，「裡面有黃金啊！」

烈無言片刻，「……因為那是某個人的家吧。」

「咦？」這時候夜歌才發現，守在門口的守衛如臨大敵，面色非常的不善。

她正確回憶起來的尋金術沒有錯，但是在小鎮施放就大錯特錯。氣得把鐵絲扔在地上跺兩腳，可惡可惡！一切都要重頭開始……

愛麗妳這混帳孩子在哪裡?!

嗚喔……她的心聲都寫在臉上，簡直可以直接閱讀呢。烈默默的想。對歷史人物還是不要抱太多幻想比較好……很容易破滅。

在警衛上前質問之前，他將氣得發抖的夜歌拉回旅店，並且施加追蹤法術。「妳在這裡等吧。我先去看看布告……」

「我自己可以照顧自己！」她還是很氣。

……妳根本沒有自己討過生活嘛。巫妖和幽靈狀態不算。如果傳記沒寫錯，一展現魔法天賦，就被馬雅學院收為學生，短短的時間內就畢業，然後任職各大王國。

根本沒有生存能力嘛。

但烈沒有戳她，「反正我也得吃飯。」就轉身出去了。

雖然很想笑。

笑？都快忘記笑是怎麼回事了。因為有希望擺脫宿命？但傳說中的大巫師看起來實在很不靠譜啊……

還是先解決眼下的問題吧。多了張嘴吃飯，得勤奮一點。

果然是商業重鎮，布告欄貼得滿滿的。但大部分都是尋找商隊守衛，要不就是尋找失物。當然可能有些獲利豐富的黑活兒……現在多了個人，不能肆無忌憚。

最後他接了一個獵殺在商路附近吃人的惡魔野豬任務，沒花很多力氣，但賞金很豐厚。唯一的麻煩是，他差點被強拖去鎮上的警衛隊任職。

他的冷臉倒是起了很好的屏障作用，被他冰冷注視的人通常捱不到十秒。

回到旅店時，已經掌燈了。倒在床上，臉色晦暗的夜歌，扔了一小袋銅幣給他。

「……魔法師禁止偽造錢幣。」他還是忍不住提醒。

「不是偽造的啦，偽造的會這樣新舊不一嗎？」夜歌疲倦的矇住眼睛，「今天我在旅店幫人占卜賺來的。先還你這些，過幾天再把剩下的還你。」

「對妳身體負擔太大，不要這麼做比較好。」

「我當然知道啊。」夜歌垂首坐起來，「所以只有今天。愛麗……她的天賦很強，卻不是我能使用的。我自己的知識……有用的卻幾乎記不清楚。」她抬頭，

「但我不要靠人養！我已經記起一點點香膏的配方……明天我就合出來賣。」

好倔強。但他真有點佩服。或許就是這種好強的個性，才有辦法年紀輕輕就成了大巫師吧？

「隨妳吧。」烈坐下來，「我剛收了一份酬勞，可以在這小鎮多留幾天。」以為她會嚷嚷，吵著要走，沒想到她只是把臉一板，「不關我的事。不過你最好留到我把錢還清，我還要待上一個月呢……你那是什麼表情?!詫異個鬼！愛麗的身體我最清楚，是能夠破病著上路嗎？你以為我會鬧脾氣是不是？……」

他微微笑笑，徹底無視她的叫囂，「我去端飯過來。」

關上房門，還可以聽到夜歌氣憤的聲音，「我跟堵牆壁講話還比較有反應呢！……」

傳說，果然只是傳說而已。但是她的表情和反應，千變萬化，挺讓人期待的。

他們暫時在光輝鎮落腳。

拜這個商鎮的繁華所賜，夜歌親製的香膏賣了個驚人的價格，非常趾高氣揚的把錢還烈，然後脾氣就沒那麼急躁。

其他的時間，就泡在鎮上的圖書館。

「真是搶劫。」她抱怨，「圖書館的門票居然這麼貴！」

……妳用普通到不能再普通的藥草加上咒文陣製造出來的香膏，用幾百倍的高價賣出去，好意思喊搶劫？

但她一進圖書館，就不再是那個碎碎念脾氣壞的夜歌，完全把心力放在書本上，然後翻頁翻頁翻頁，翻完就歸架換下一本。

「……妳真的有看進去嗎？」烈忍不住問了。

「當然。」夜歌目不斜視的回答，「你們看書的方法不對，應該兩頁一起進入視線，這樣才快。」

「……妳跟我說話沒關係嗎？」

「眼睛和嘴巴是分別獨立的，有什麼問題？」她手下不斷的翻，同時抱怨，「這身體沒能好好鍛鍊……我十歲的時候就能同時看兩本。」

「看兩本？」

「眼珠也是獨立的，左右眼各一個啊。我最高峰的時候，可以同時看一百四十本書呢！不過那是我當大巫師以後的事情了……」

妳那是什麼腦子啊?!這樣真的沒有問題嗎？

烈有些狐疑的從架上取下她剛翻過的一本，居然是部藥典。同時看兩頁？不行。看一頁倒還可以……只是這樣需要十二萬分的專注力。

「你不相信對吧？」夜歌嘿嘿一笑，依舊不斷的翻書，「你在看哪頁？」

「一九二頁。」

「『荷魯姆斯的製造法。準備一個完美水晶容器，在弦月注入五月清晨收集的露水兩升，術者本身的血液五毫克。靜置澄清一天後，加入植物精華與紅寶石……此為召喚妖精所用，須十分謹慎，因容易腐化反噬。』」

她一口氣背了五頁。而且已經翻過了六本跟藥典差不多厚的書。

烈突然有種衝動。真的很想很想……敲開她的頭蓋骨看看，裡頭到底是什麼結構。

「你那個眼神我太熟悉了。」不斷翻書的夜歌嗤之以鼻，「人人都想敲我頭蓋骨，什麼道理……底下只有腦漿啦。跟你們構造一模一樣……只是你們的大腦比較新……因為很少用。可憐的愛麗，腦子很快就被我用得皺褶很多了……」

……她會被學徒背叛，真是毫不意外。

幸好我只是跟魔法關連比較少的魔劍士。

夜歌花了一個禮拜看完整個圖書館的書。之所以要花這麼久……是因為她體力還不行，不能久站。

「果然只是個地方小鎮……書真少。」夜歌搖頭，「不過本來就只是刺激一下愛麗用得太少的腦袋，加速回憶過程，就不要太計較了。」

回眼看了看三層樓，滿滿都是書的圖書館。的確，各王國圖書館幾乎都有整個光輝鎮那麼大……或更大。她看完三十個王國圖書館……

大巫師真的是人類嗎？

這很值得深思和探討。

夜歌常有不可思議的舉動。像是看完了圖書館的書，就一動也不動的，坐在陽光下或月光下，陷入冥思狀態。

……需要澆水嗎？烈偶爾會這樣想。

值得欣慰的是，該吃飯就會主動醒過來，然後據案大嚼，走完自我規範的一千步，就又回到窗下，繼續陷入冥思。

……所以說不用澆水，會自動補充養分和水分囉？

「想得起來的居然是這個……」她終於開口了，十天已經過去。一臉苦惱的出門買鏟子和十字鎬。

幫她扛鏟子和十字鎬的烈忍不住開口，「魔法師禁律中，嚴禁搶奪偷竊他人財物。」

「我不是要去挖人家倉庫或金窖的牆！」夜歌火了，隨即發悶，「總之，不關你事，你不要跟來。」

烈沒有回答，在夜歌半夜偷偷摸摸出門的時候，還是平靜的跟在後面。

這個百年前的大巫師，有嚴重的挫敗感。想當年，她身為橫跨兩域的大巫師，光抬起眼簾就能讓各國君主大臣戰慄臣服，誰敢跟她梆啊梆的強嘴。現在一個毛頭小鬼用直接無視、自行其事就能打敗她。

世風日下、人心不古……

「你要來就安靜點，」夜歌壓低聲音，「叫你做啥就做啥……不然你就滾！」

烈點了點頭。

但很快的，他就覺得這個頭不該點。

因為夜歌的目的居然是……盜墓。

「……這樣好嗎？」

「魔法師禁律沒有這條。」夜歌冷冷的回答，「我記起來比較完整的是術士的領域……偏偏光輝鎮不賣這類道具。我需要幾根人脂蠟燭頂著先！」

妳是說……妳要動手熬……？

「我真受不了你們這些人。」夜歌扶額，「魔劍士偶爾也要用到人脂蠟燭吧？施展闇系法術時？」

「……很少。」

「對啊，還是用過的吧，直接在魔法道具店買。但你們想過來源嗎？總不會是店主熬自己的肥肚子吧？」她一面撬棺材一面說，「但這類道具我都是自己動手的。因為確保來源乾淨。他們已經死了，靈魂已然遠去。棺材裡只是慢慢腐敗的死肉，讓我借用一下不會怎麼樣……」

「那又何須葬禮呢？」烈冷不防的問。

「葬禮是為活著的人舉辦的。死人才不在乎……」她豎起食指，「我最有資格說這話，因為我死過了。」

烈呆了好一會兒，沉默的幫著夜歌盜墓，並且張開隔絕的結界，讓她能畫咒文陣煉出幾根人脂蠟燭，然後整理過所有被盜的墳墓。

或許願意幫她行如此詭異之道，是因為夜歌雙手合十，對著那幾根人脂蠟燭的材料祈禱冥福的緣故吧。

玩弄邪惡和服侍黑暗的術士，操控元素和服膺真理的法師。這兩種法之道根本是背道而馳，為什麼她能橫跨兩個領域呢？

他第一次想到這個問題。

或許有一天，完全記憶起所有知識的大巫師，能給他一個正確的答案吧。

「你就是不肯放棄，對吧？」夜歌心情很不好的回頭。

「……」

「我跟堵牆壁結伴不是更好嗎?!為什麼是你這三拳打不出一個屁的悶葫蘆……」夜歌開始覺得疲倦，「算了，我也想過了。你要跟就跟吧……反正我要去找愛麗。你們第一時間就可以見面……該幹嘛就幹嘛去，我不管了。」

「我若決定殺她呢？」烈冷冷的說。

「嗤，你那拖拖拉拉的鬼個性才不會這麼幹。愛麗可是非常可愛又善良的女孩子啊，最大的可能就是你們墜入情網真愛解救世界之類的……小說都是這麼寫。」

「小說只是虛幻。」

「歷史比小說還曲折離奇，更毫無合理性可言呢。」夜歌兩手一攤，「總之，你們的命運要自己決定，我只是代班。」

烈笑了笑，沒有回答。只到他肩膀高的大巫師，一路自言自語的埋怨和發脾氣。

回到旅店，夜歌付出昏倒兩次的代價，終於勉強占卜出愛麗魂魄大概的方向。

「人死後不是直接入輪迴嗎？」烈破例先開口。

「愛麗是大道的孩子……」她仰頭想了半天，又亂七八糟比劃了一下，「那個，總之，反正說了你也不懂。她像是水果……不對，反正她會依附在某個神殿或之類的地方沉眠。死亡耗掉她太多靈魂之力啦……如果不去接她，說不定就這麼消失掉了。

「畢竟她一個人和整個森林的邪惡抗衡十幾年，真的太累了。」

只有提到愛麗，這個老是在發脾氣和埋怨的大巫師，語氣才會柔和下來。

逢末．夜歌，應該是女性才對吧？他覺得自己的推測很荒謬失禮，卻忍不住會往「那方面」推測。

離開光輝鎮之前，市政廳正在開畫展，主題是「歷史人物」。恢復精神的夜歌興致勃勃的跑去，對每個人物肖像品頭論足，生平瞭若指掌。

唔，看不出她對女性有特別的偏好……最少統計上是如此。

但是看到「逢末．夜歌」的畫像，她卻視若無睹的走過去。烈拉住她，「妳生前，真的長這樣嗎？」

那是個非常豔麗的女子，充滿神祕感。眼睛沉沉的寫了太多滄桑。簡直美到有些魔性。

「去掉那些珠寶和漂亮衣服，對，就那樣。」夜歌興趣缺缺的望了一眼，「寶石拿來裝飾真是太浪費了，很多咒文陣和魔法實驗都用得上啊。那種前露胸、後露背的衣服只是提高感冒的機率，不會起禦寒的效果。」

「很美呢。」

嗚喔，相當厭惡的表情，還有點……同情。

「那是因為臉孔很接近黃金比例的緣故。其實魔法師要好看很簡單啊，將自己五官和輪廓用~!@#$，再用%^&*，然後()_+，完全黃金比例就好看啦。但這麼麻煩做什麼？還不如直接做『絕對的媚藥』。這樣每個人看到你就會呈現內心最完美的形象，然後被吸引得如癡如狂。『絕對的媚藥』雖然我記得不太完整，但差不多的配方就很好用啦，先用沒香、苧麻、茴香……」

烈打斷她，「我想我不需要什麼『絕對的媚藥』。」

「也對喔。」夜歌往下一幅畫前進，「你就很接近黃金比例了，帥得很。你笑一下就比什麼媚藥有用多了……還不用花時間收集材料。」

烈默然了片刻，將臉轉向旁邊。滔滔不絕的夜歌沒發現身後的烈，整個臉都紅了。

＊　＊　＊

幽靜的山間小道，兩匹騾子達達的蹄聲傳來，各背著一個少年少女。

少年的神情沉鬱，容顏卻非常清俊，冰冷若寒泉，身材頎長英挺，配著一把陳舊的劍。少女依舊一派稚氣，但眉眼間已經開始有柔軟芳香的甜美氣息。

雖然罩著灰撲撲的披風，但披風上的別針，卻是低調奢華的祕銀所製，形狀非常古典精美。

兩頭可愛的小肥羊。當中價值最高的，大概是那個青澀又甜美的小姑娘……本來那個俊美小夥子價格應該更高，只是既然配著劍……恐怕只能遺憾的擊殺了。

兩鳥在林不如一鳥在手嘛。這群長年在此搶劫抄捷徑的旅人或商人的盜夥集團是很有心得的。

所以他們隱密在樹上，並且拉開弓箭，瞄準了少年……

咦？人呢？

只覺陰影籠罩，這些弓箭手蹲伏的樹幹已經開始傾斜、斷裂，因為高度起碼有兩人高，小半腦震盪，大半摔出點手或腳的毛病。

那少年只是揮出依舊在鞘內的劍而已。

群盜發聲吶喊，一湧而上，卻被未出鞘的劍砸得頭破血流。不行，這個少年劍士實在太厲害了，身手敏捷到不像人類。討不了什麼好。

幾個比較機靈的傢伙互換眼色，趁著同伴絆住劍士時，撲向可以賣很多錢的小姑娘……

少年劍士驚覺，終於拔出劍，大吼，「夜歌！」並且衝了過來。

結果那個稚弱的嬌小姑娘，抬起甜美的面孔，笑容卻非常的邪惡，邪惡到不行。

「……恐懼降臨，爾等覺悟了麼？」她按著一本陳舊的書，帶著充滿邪氣的笑容。

那些盜匪倒在地上哀號翻滾，眼前出現無數恐怖的影像和鬼魂。

沉默了一會兒，烈把剩餘群匪都打趴，問：「……妳沒事嗎？」

「有事的是他們吧？」她甜蜜的獰笑，看著在地上翻滾哭嚎的盜匪，有的拚命磕頭，有的縮成一團抽筋。

「我沒殺他們，放心吧。真奇怪，你為什麼避免殺人……果然良心太飽滿。把他們拖過來……安啦，我沒有要殺他們……只是老讓他們這樣不知悔改不是辦法對不對？所以要施以懲罰。」

烈有點不安的把那些不斷呻吟求饒的盜匪拖進夜歌畫好的咒文陣，她心情很美麗的收起畫陣的魔法粉筆。豎起纖白的食指，笑語嫣然，「愉快的懲罰時間～☆要好好悔改喔！」

雖然有點不同……但這不是製造人脂蠟燭的咒文陣嗎?!

「夜歌不要！」

但懷抱著破舊書籍的夜歌已經啟動咒文陣。黯黑的閃光過後……這些高頭大馬的盜匪的確都沒死，但個個成了皮包骨。夜歌笑咪咪的收了半打人脂蠟燭。

「放心吧，只是抽了一點脂肪、肌肉，和武勇。」她笑得更甜美，「休養幾個月，大概還能種田養牛唷。不過想舉起武器大概得等投胎了……」

然後這個大巫師，捲起袖子把比嬰兒還虛弱的皮包骨盜匪，打劫了個乾乾淨淨，騾子差點載不動……十幾把武器和弓箭實在滿沉重的。

……等等，大巫師這樣毫無道德規範是可以的嗎？

不過烈默默的把武器等贓物收拾起來，放在他騎的騾子上，翻身上了夜歌的騾子。

「不用你扶啦！我不會昏倒！」夜歌很驕傲的拒絕。

「會直接栽倒。撞出個腦震盪或顏面傷殘。」烈很冷靜的回答。

「……哼。」她很乾脆的把護在她身後的烈當墊子，一靠就昏睡過去。

就算昏睡，還是牢牢抱著那本陳舊的書。

……他就覺得奇怪，夜歌怎麼會那麼有興致的跑去看畫展……果然醉翁之意不在酒，而是在畫展就開在市政廳……

她悄悄偷走了市政廳裡的葬喪記錄書。

質問她時，她倔強的把頭一撇，「才沒有偷……反正這本也快寫完了，我拿了新的記錄書換過來的。什麼偷竊，胡說！」

烈本身對闇法了解很少……或說他刻意迴避。魔劍士本來就是劍術為主、魔法為輔的職業，而他會的魔法，事實上是天賦所致……來自龐大不祥的宿命。自稱魔劍士，學習魔劍士的一些基礎魔法，只是掩飾他的天賦而已。

而他認識的術士非常少，那是一群鬼鬼祟祟又低調到破表的傢伙。

可是夜歌完全打破了這種術士的既有印象。坦白說，他從來沒有聽說過在葬喪記錄書上畫上自己血液的符文陣，就可以變成黑暗法器。

大巫師到底是什麼東西啊？

是不是該慶幸她沒有成為完全體的巫妖，現在又困在一個天賦相抵觸的少女身上呢？

第一次，他對自己龐大不祥的宿命產生了動搖。要說災害程度……恐怕這個體力透支、呼呼大睡的少女大巫師才是MAX等級的吧……他就算解封，恐怕也比不上。

雖然不太應該，但他有種幸災樂禍的安心感。

* * *

「……這個，我只是去找點飲用水。」烈遲疑的說，篝火已經升起，附近也撒了石灰和雄黃，應該不會有什麼野獸侵擾。

但是夜歌卻在坐在畫好的咒文陣內，陣上點了三支人脂蠟燭，懷抱葬喪記錄書，穿著黑袍，披著鮮紅符文帶，面前浮著一小團黑火，形狀是個骷髏頭，沒有眼珠的眼眶還冒著綠光。

十二萬分的全副武裝。

「你懂啥？」夜歌老大不耐煩，「你的敵人或愛麗的敵人不是好相處的……我統合的還很糟糕。我可不要像小說女主角一樣只會喊救命……這叫有備無患，懂不懂？」

烈沉重的嘆了口氣，「我想，這個森林最大的威脅是那群盜匪……」而那群盜匪已經被妳整得半死不活了，「而且這條捷徑常有獵人或旅人經過……」夜歌這樣子……只會把他們嚇個半死。

夜歌露出非常燦爛的微笑，「啊，沒被嚇跑的我會好好款待……我也懂旅人互助的潛規則。」

……為什麼妳的燦笑滿滿的含著強烈的惡意呢？

「我知道了。」烈沉默了。還是趕緊去找水吧……早點找到，就早點讓夜歌收起她的全副武裝……他不敢想像路人心臟弱一點的會怎麼樣。

全副武裝也占卜不出來。嘖。這小鬼的宿命實在太龐大，不是現在的她能占卜的。

樹林沙沙作響，飄來一點點屍臭。哼，愚人們。自作自受的死亡，還把怨恨遷怒到原本的庇護者身上。

怎麼不在光輝鎮就下手呀？是了。只會欺負弱小……光輝鎮有很強的防禦和駐鎮法師，很害怕是吧？

你們更害怕強大到恐怖的魔劍士。

「食屍鬼的恐怖精華很有用呢。」夜歌舔了舔唇，「來唷……讓我代替愛麗，好好的懲罰你們。小看我是不行的唷，壞、孩、子、們～☆」

黯黑的奧術爆炸，讓剛裝滿水袋的烈心頭驟然緊縮，似流光般奔回營地，「夜歌！」

「又增加了又增加了！」夜歌將臉偎在宛如黑鑽石卻冒著邪惡氣息的恐怖精華上，「太好了！沒想到我這麼柔弱的狀態下也能提純這麼純粹的恐怖精華！我果然是天上天下唯我獨尊的天才～☆」

……這樣的大巫師，真的沒有問題嗎？向來沉著冷靜的烈，額頭滴下一滴冷汗。

*　　　*　　　*

「好可愛！」大概五、六歲的小女生抱著希罕的砂兔喊，哀求的看著爸媽。

「好可愛！」大概二十歲上下的美女看著精巧的珠寶項鍊喊，哀求的看著身邊的男人。

「好可愛！」大概十四歲（肉身）的少女大巫師對著乾縮蠑螈喊，哀求的看著攤主，看似楚楚可憐實則凌厲萬分的殺價。

……同樣是女性，差異性為什麼這麼大……？

「小姑娘……」跟乾縮蠑螈神貌相似的攤主鎮靜下來，發出夜梟似的笑聲，「妳有沒有術士或藥師執照啊？這是很危險的藥材，得有執照才能賣啊……」

老娘現在怎麼會有見鬼的執照?!夜歌心底破口大罵。但她按耐住脾氣，讓目光更無辜得閃閃動人，「老伯伯，人家真的好喜歡……賣人家啦，好不好？」

人老成精的攤主快速打量眼前這個小女孩，已經有了盤算。看起來樸素，但衣料上佳，靄靄含光的祕銀別針，和高貴的氣質……這一定是錢多人傻，喜歡奇怪玩意兒的小肥羊。

他壓低聲音，神祕兮兮的，「也不是不行，只是我得擔干係，所以這個價格……」他比了兩根指頭。

「二十金？」標價明明標著兩金，這老頭居然提高十倍！

「兩百金。」沒想到攤主比她想像的還狠。

「嗯~老伯伯，你怎麼這樣哪，人家沒有那麼多錢……十金好不好？哎呀……人家好想要……」

「不行不行，頂多一百九十五金……」

他們那廂你來我往的廝殺，烈的雞皮疙瘩是一層又一層的疊加。沒想到會親眼看到尊爵不凡的大巫師殺價……連「撒嬌」這種特殊性別天賦都用上了。

烈在蹲著的夜歌背後站定，睥睨的看著攤主。

宛如雪崩般的強烈危機感，席捲著狂風暴雪而來，讓人寒徹心扉。

會被殺！不賣的話……絕對會被殺。

「送……送妳！不用錢、不用錢！」攤主四肢並用的想爬開，卻沒想到那個要命的聲音低喝，「站住。」

他馬的他居然就僵在原地趴著！連根指頭也動彈不得！

那個恐怖的化身卻走過來，拎起他的衣領，幫他拍了拍灰塵，在他掌心放下兩枚金幣，拖著少女走了。

握著金幣，兩眼一翻白，攤主昏倒了。

「他說不用錢你還給他錢幹嘛？」被拖走的夜歌非常不滿。

「……我有。」

「省一點是一點兒啊！你個敗家子！」

「拜託妳不要太無視規則啊！」烈突然發脾氣，對她怒吼，「無規矩不成方圓，就算妳以前是大巫師也不要太沒規矩了！沒有執照本來就不該購買危險藥物！」

糟了。忘了她是女生……就這麼對她吼，這……萬一把她惹哭，怎麼辦……

「忍很久了是吧？」夜歌扶額嘆氣，大模大樣的指著他，「有話就說啊，憋著誰知道啊？雖然我早就知道啦……但別人不會像我這麼聰明機智，善解人意啊笨蛋。遵守規則很好啊，知道無規矩不成方圓，稍微誇獎你一下好了……」

她點了點烈的胸膛，「可是過度拘泥很容易被不遵守規則的人欺負，這樣也沒關係嗎？」

「……沒關係。」他繃緊臉，「絕對，沒有關係。」

「你大概出身良好……王室中人吧？」夜歌欣賞著瑕疵很少的乾縮蠑螈，「大概不是長子，但是個性公平正直，所以老爹想跳過幾個哥哥把王位傳給你，對不？但是信守騎士教育的你，卻因為王國魔法師的預言，乾脆逃走了，避免不幸的宿命，對不？」

完全命中。

「妳、妳為我占卜了？」烈難以置信的問。他龐大不祥的宿命，只要有點占卜天分的法師都感覺得到，但要占卜到這麼仔細，非要得到他的生辰和真正名字才行。

難道大巫師厲害到這種地步？

「這根本不用占卜好不？」夜歌深深嘆口氣，「這是很普通的推理，懂嗎？一個普通的流浪魔劍士，不會有那麼周延的禮儀。簡直是內化成本能的禮儀，只有馬雅學院或王室才會這麼講究。但馬雅學院軟腳蝦很多，卻不會收劍士。

你的手上滿是舊疤，可見是從很小就開始訓練，加上那種不知變通的嚴守規範，也只有騎士團教得出來……但更多的是你的本性。

能夠相信到毫不猶豫的逃開，那只有各王國魔法師的金字招牌才可能。可你的性格卻缺乏一種強烈的篤定，王儲通常會有的篤定。所以你一定不是國王的第一個孩子……

而且你花錢太大手大腳了！一眼看中的絕對是好料子、好東西，一點殺價的本事都沒有！」

她扠腰昂首，「我有說錯什麼嗎？」

「……沒有。」

雖然不是占卜，但大巫師的確非常非常厲害！

「還有什麼想說的嗎？」她得意洋洋的撥了撥自己的頭髮。

他仔細想了一會兒，「……可能的範圍內，請盡量遵守法律和禁律吧。」烈很誠懇的說。

夜歌一滑，差點沒站穩。她有種深沉無力的挫敗感。為什麼她要跟本質和牆壁沒兩樣的傢伙旅行……

抬頭想發怒，烈的眼神卻很認真，她不知不覺就氣餒了。她尊重認真的人，就算是這種不知變通的傢伙。

因為她就是個認真過頭的傢伙。

「考執照……就是拿那張紙出來秀，不用進取是吧？」

「不，這只是……」

「對啊。」夜歌打斷他，「百年前我就拿到術士和法師的執照，而且進階成大巫師，現在還在不斷學習中。你覺得我有執照資格沒有？」

烈遲疑了一會兒，點點頭。

夜歌真覺得有點疲倦了。對這種人連唬弄他都覺得有罪惡感……還得極盡所能的唬弄。

「……我買這類東西，」她有氣無力的揚了揚手裡的乾縮蠑螈，「再也沒有任何問題了吧？」

「沒有。」沉默了一會兒，「但是，妳打算用在什麼地方。」

「溶屍水之類的吧。毀屍滅跡很好用……當然不只這種用途！你不要用那種譴責的眼神看我！」

下午夜歌就不出旅店了，她滿臉疲倦的說，她需要光合作用一下，就待在陽光下冥思。

大巫師事實上是植物那種東西嗎？烈發現，他不敢想像夜歌會是什麼花……一定很可怕。

他們即將要橫渡沙漠，現在就在沙漠邊緣的黃沙鎮暫時停留。目的地……不是他不知道，連夜歌都不太清楚。雖然她知道愛麗的生辰和真名，一來限於她跟肉體統合不足，二來……愛麗已經是魂魄，很難占卜了。

其實，他不太清楚自己為什麼要跟著她。就算夜歌把大巫師的所有記憶想起來，也未必能幫他解除宿命……說不定她會說，關我啥事，管你的。

然後又把自己的命拚掉這樣。倒不是悲天憫人，而是……她沒辦法放棄解謎的樂趣。

有沒有辦法一口氣消滅整個大陸的惡魔呢？太有趣了，試試看吧！會把命拚掉？啊，沒差，沒死過哩，試試看吧。

成功了啊！看我是怎樣驚世絕豔的天才啊！死掉了？變巫妖了？可惡……我偏不要屈服，能夠撐到什麼時候呢？反正不會髒，過程也是很有趣的……

跟她旅行這麼段時間，已經很能了解她了。

她根本不需要任何人保護。自己一個人也可以吧……

反而是他，越來越難受。

的確，這只是他命定者的軀體而已。但他一直勉強壓抑的封印卻在跟她一起旅行後，越來越猖獗，往往會有忍耐不住的暴怒升上來……對這個脫軌失序沒有規範的世界，有著強烈的破壞欲。

離開她吧，躲開她吧。反正她一個人也可以……

慢著，真的可以嗎？

夜歌那種無視禁律的個性，為了生存和尋找愛麗，很有可能變成：

術士盜匪（竊盜山賊詐騙三合一）↓夜歌盜賊團↓夜歌傭兵團↓奪取某國↓奪取

整個大陸↓↓↓↓稱霸宇宙（之類）。

起因可能會很小，比方說某個王國圖書館拒絕她的拜訪……

到最後就不可挽回了！

胸前一痛，啪的一聲大響，低頭看到夜歌狐疑的眼神，「……你在想什麼怪怪的事情？」

「……我會一直陪妳旅行。」並且監督妳，以免發生後悔莫及的災難。

「你小鬼在說啥啊?!我雞皮疙瘩都冒出來了！別用那種眼神看我！靠妖勒……」

「……」

在黃沙鎮停留沒幾天，他們又上路了。

這片沙漠從遠古以來就稱為死寂沙漠，自從「癒合之日」後，世界完整，原本幾乎佔據半個大陸的沙漠漸漸被綠意和生氣收復，規模已經不足以前的十分之一了，當中還有許多綠洲，顯得有點名不符實。

夜歌憑著一股狠勁，昏倒很多次終於暫時定出大概的方向，古都克麥隆城。原本勸她多休整幾天，但被這個驕傲的大巫師斷然拒絕。於是他們這個只有三匹駱駝的小商隊上路了……夜歌意外的安靜，因為她睜著眼睛在冥思。

「雖然跟愛麗的天賦抵觸，但到底讓我發掘出最適合的用法。」臨行前她很愉快的宣布，「愛麗的天賦是自然！在光明下的冥思恢復體力和法力極快……所以不用休息啦，我們去光線最強的死寂沙漠恢復法力和體力就好。絕對，不會有問題！」

看起來是沒問題……拉著夜歌座騎韁繩的烈默默的想。但是已經太超過（不管是知識還是無視律法的部分）的大巫師，還有這種快速回魔回體的身體真的是好的結合嗎……？

不過他沒說什麼，默默的在風沙中看顧著三匹駱駝。只是感覺有點兒奇怪。夜歌這樣空白著表情又安靜溫馴時，明明是同樣嬌嫩柔軟的臉孔，卻讓他覺得很陌生。

所以夜歌醒過來鬧餓，埋首大吃大喝時，又讓他暗暗鬆口氣。

「這天賦真是太強大了。」夜歌嘖嘖稱奇，「我冥思多久？」

「一天一夜。」

「一日夜！我居然過了整整一日夜才覺得餓，而且全身充滿了精力！可憐啊，這麼好的資質卻沒進馬雅學院，反而是一群有錢的廢柴進去浪費時光……她會是個很偉大的法師……不，這資質更適合當個神官啊！那些竊位素餐的傢伙早該全部拿來作人脂蠟燭……」

烈啞然片刻，「魔法師禁律……」

「知道啦！說說而已。話已經夠少的了，開口就像老頭兒。我就說正常人不該進什麼鬼騎士團……腦袋都石化了！」她又開始自言自語的埋怨，拚命的往嘴裡塞東西。

然後她很熟練的用沙子淨手，用最少的水將臉潔淨。哼著歌畫咒文陣，比上次還陰風慘慘。

「……這個綠洲有很多人紮營。」烈想阻止她。

「他們又偷學不起來。」夜歌毫不在乎。

「不是這個問題……」術士在人群中是不受歡迎的族群，所以通常很低調，不會有術士在半公開場合施法……

但大巫師的手腳真的太快了，幾乎是一瞬間，附近所有的營火都變得慘綠，整個綠洲的商隊都傳出慘叫，駱駝都嚇跑了。

轟然的黑暗奧術爆炸，將夜歌興奮的臉孔映得很美麗……而且非常恐怖。

「哈！葬喪記錄書升級了！幸好有純粹的邪惡精華和乾縮蠑螈……唔，怎麼這麼吵？」她皺起秀氣的眉。

兵荒馬亂（駱駝亂？），各商隊大呼小叫的去追跑掉的駱駝（和貨物），還有人受到太大的驚嚇，導致夜色下的綠洲一片異味。

結果他們被駐紮的警衛隊趕出綠洲。

「心靈太脆弱了吧！」夜歌非常生氣，「不過是個小小的闇法……沒有任何傷害力！」

……他一直都覺得法師系的都有點脫線兼沒神經，沒想到偉大的大巫師不但不例外還特別嚴重。

「除了法律和禁律，請稍微遵守一下社會規範吧……」不，看起來她還是不了解，而且瀕臨暴怒邊緣。

「下次請讓我預作準備，我先張開結界好嗎？」期待她卻除法系的脫線和沒神經，不如求諸己。

「……好吧。」夜歌很不開心的將頭一別，「法律和禁律明明沒有禁止公開施法！」

「……」幸好他已經把水補給完畢。不然要渴到下個綠洲可不是好玩的事情。

「這附近有個廢棄的法師塔，我們過去好了。」夜歌嘆氣，「我要洗澡。」

「沙漠沒有奢侈到能洗澡。」

「那個法師塔就有那麼奢侈。」夜歌偏頭想了想，「你膽子夠大吧？」

等到了那個廢棄的法師塔，烈才知道夜歌為什麼這麼問……因為裡裡外外都是幽靈、魔物，還有故障的人工法偶。

難怪在水如此珍稀的沙漠中，沒有人想靠近。

「……需要為了洗澡這麼拚命嗎？」烈無奈的抽出劍。

「你可以在外面等。」夜歌摩拳擦掌，「或者在我背後，我順便測試一下升級後的葬喪記錄書。」

「等等！」烈想阻止她，又再一次的來不及。

這次黑暗的奧術爆炸範圍更廣，威力更是威猛。威猛到什麼程度呢？原本還有屋頂和床鋪可以休息的法師塔（只要先驅趕立下結界），現在已經夷為平地。應該是室內的浴池，完全變成戶外噴泉。

至於那個想要洗澡的夜歌大笑幾聲，昏倒了。

……難怪妳二十八歲就死了。照這種亂來的程度，能活到二十八真的是長壽了。烈抱著昏迷的夜歌，默默的想。

「什麼嘛，我只是不習慣。」很大方的在戶外噴泉洗澡的夜歌不滿，「愛麗的身體太孱弱了！我以前的身體，不管是活著的時候，還是變成巫妖或幽靈的時候，都非常堅固耐用啊！跟我的腦子一樣天才！好懷念那時候……為什麼愛麗的身體跟黑暗與真理感應這麼差勁啊！……」

背對著她的烈無言。百年前大巫師沒把這片大陸炸個四分五裂，真是幸運。等等。

「妳怎麼知道……有這個廢棄法師塔？」

「我在克麥隆城當過國家魔法師。」夜歌心不在焉的回答，「這個法師塔就是我毀掉的。沒辦法，國王吵死了，一直哭有個邪惡法師亂抓平民去實驗……我只好來看看。」

看完以後，法師塔就廢棄了？

「我有設結界啊，你看，百年過去，依舊運轉順暢，再運轉個千年也不是問題。一隻也沒跑掉過。」穿好衣服的夜歌，踱到火邊蹲下，心情很好的說。

「……那時候妳應該可以拆掉吧？」

嗚喔，相當嫌惡的神情。夜歌將臉別開，「太麻煩了。克麥隆的國家圖書館又小，我才不想為了這麼少的書付出太多勞力。」

完、完全沒有國家魔法師的自覺！幸好她只活到二十八歲！

「你在慶幸什麼啊?!不要以為我看不出來!」

＊　＊　＊

話說得太重了嗎?

望向呆著臉陷入冥思的夜歌,之前寡言的烈終於還是忍不住對她慎重的說了幾句,「……妳已經不是以前的大巫師了。」

不再有崇高的地位、設備資源齊全的法師塔,也沒有和黑暗與真理密切契合的身體了。所以,不要胡鬧了。

以為她會嗤之以鼻或強詞奪理,結果,她卻沉默的陷入冥思……看不出是賭氣還是反省。

是說,逢末・夜歌懂得「反省」這兩個字嗎?

變得好安靜。反而有點奇怪。

快接近克麥隆城時,夜歌突然開口,「你說得對。我現在已經不是大巫師了……所有法師的咒文和知識都含糊不清,術士的部分也一半不到。我的確不該逞強。」

……原來大巫師也是會反省的。

「但沒有在安全的狀況下測試，我不知道極限在哪……畢竟愛麗的身體對我來說很陌生。」她別開臉，語氣生硬的說，「對不起。」

……原來逢末·夜歌也是會道歉的！

「我不是責怪妳。」好一會兒烈才開口，「我剛離家的時候，覺悟不足，吃了很多沒必要的苦，所以……」

「嗯，謝謝。」語氣還是很生硬，但已經柔和很多了。「我們快到克麥隆了，那邊曾經是無法之地……後來恩利斯王朝的塔尼亞公主來這裡建立規則，這個公主很有意思，把自己嫁給克麥隆喔！就是她在王國圖書館保留了一些亞爾奎特的古籍，我才肯到這兒就職兩個月……不然他們的王國圖書館那麼小，我是不會考慮的。」

「……妳任職過三十個國家？」

「我十二歲就拿到術士和法師的執照了，老師們哭著讓我畢業……我就開始任職了。」

「捨不得妳？」

夜歌哈哈大笑，「不，是喜極而泣。再也不會有人把他們問得啞口無言，反過來把他們教會……老師們泣奔的模樣挺有趣的。」

「我任職過的王國通常都會維持很長一段時間的和平。因為鄰國不知道該怎麼攻略……攻略了會有什麼結果。他們取得和平，我取得王國圖書館閱讀權，各取所需啦……」

任性傲慢自大，心眼不好又暴躁……為什麼讓人討厭不起來呢？

烈微微的有些困擾。他應該很討厭這類的女人……特別是無視規則這一點。為什麼會容忍呢？

直到在距離克麥隆兩里處遇襲，他才略微明白為什麼。

那是一群黑衣刺客，數量恐怕上百。當中還有十來個魔劍士和法師。非常專業，專業到他們陷入泥淖術裡才驚覺，之前一點感覺也沒有。

是暗部！

他一把揪住夜歌的領子，想把她扔出泥淖。

「你把我扔出去我就宰了你！」夜歌語氣非常急切，「做你該做的事情不要管我！」

按著葬喪記錄書，她迅速的咒文完全聽不清楚，卻在法術箭矢到達之前反彈出去，甚至泥淖術都被破解。

然後不堪負荷的她立刻吐血，卻又精神控制三匹駱駝擋掉攻擊，沾著血快速的在地上畫好咒文陣，捧著葬喪記錄書，浮現點燃的人脂蠟燭。

做我該做的事情。烈咬牙，疾如狂風的攻向大後方的法師。他不喜歡殺人，但這批暗部……是不死不休的。

他很快就覺得疲累，畢竟他只有一個人。同時壓制龐大的封印和戰鬥，是種雙重的耗損。

「烈，做你該做的事情就好！」強頂著防禦陣的夜歌吼，「封印由我操控！」

他仰天咆哮，肢體爆裂不成人形，簡直像個怪物，也擁有怪物的強大。但他的理智卻空前絕後的清醒。

要快點解決。統合不佳的夜歌沒辦法維持太久。

他撕裂了法師，異常殘暴的。並且殲滅了所有的魔劍士。不死不休的暗部，只要看得到一點成功的可能就不會停手……所以他要兇暴的掐滅他們微弱的希冀！

果然，在不可戰勝的怪物之下，暗部撤退了。

正在咳血的夜歌，卻一點一滴緩慢而沉穩的將他的封印封上。

猙牙慢慢的縮回口腔，暴長的獸爪緩緩恢復原狀。他全身都冒著血，傷痕用肉眼可見的速度癒合，但理智卻沒被怪物統治。

這是第一次，沒有被吞噬理智的解封。

夜歌喘了喘，厭惡的拉著被血染污的前襟，「嘖，好髒啊……我要洗澡。」

「妳，沒事嗎？」他沙啞的問，蹲下來扶著脫力的夜歌。

「沒事……不對，我有事！」夜歌咬牙切齒卻虛弱的抓著他肩膀，「死小鬼，你以為我是誰？居然要把我丟出戰場！老娘被侮辱了！」噗的一聲，她又開始咳血。

……夜歌，妳意外的不會抓重點呢。

「我是怪物。」

夜歌露出相當輕視的神情，「你這程度敢說怪物？真正的怪物是老娘啦！我敢說把我的腦子攤平，可以鋪滿整片大陸喔！在我面前誰敢說是怪物？」

……夜歌，妳相當不會安慰人。

「再說話，血會從鼻孔噴出來喔。」烈俯身將她抱起來。這個嚴重潔癖的少女大巫師，果然悶悶的閉上嘴。

最後攔到一隊嚇個半死的商隊，讓他們和行李搭了段便車。

「我不要跟火腿同車。」夜歌輕聲抱怨，「而且是快壞掉的火腿。」

「流鼻血了。」烈冷靜的回答，一面擦拭她臉孔的血漬。

夜歌相當煩躁的安靜，眉頭深鎖。

真的。很難真的討厭她呢。

結果進古都克麥隆沒住進旅店，倒是住進了神殿。在神官的療癒下，終於止住了夜歌的內出血，結果神官在嘮叨告誡的時候，夜歌藉著微弱的月光，逃避冥思去了。

「我要洗澡。」她自言自語的抱怨，「不是換過衣服就了事了……我要洗澡不然睡不著……」

「大巫師淹死在澡盆裡，會是經典笑話。」

沒想到會看到「逢末．夜歌的憂鬱」。

「……妳不想問嗎？那些刺客？」

「沒什麼好問的。」心情不太好的夜歌閉上眼，「永冬國暗部對吧？永冬人有獨特的瞳虹和靈魂顏色。」

所以妳早就知道了啊。

「小孩子早點睡啦！明天扶我去浴室……明天我一定可以洗澡不淹死……」她不耐煩的說，聲音漸漸模糊悄然。

撐著臉看著她的睡顏，總是覺得很陌生。

大概是，他認識的是「逢末．夜歌」，不是他的解封者「愛麗」。

在行軍床上躺了一會兒，烈轉頭不看她。等醒來就會看到夜歌了……現在這張臉不是。

果然是充滿魔性的大巫師。他有點了解百年前那些看著她的男人，為什麼會有那麼綺麗的幻想了。

根本不是因為外表的冷豔而已嘛。

第一次，他睡得這麼沉，沒有被雜夢驚擾。

「夜歌小姐！請不要在神聖的神殿裡操弄黑暗和邪惡！何況妳這種身體狀況已經到了非常危急的程度了！請妳安靜休養！出院？妳還在咳血出什麼院啊聖神在上！……」

才去端個早餐而已，神官就快崩潰了。明明告訴她千萬不要亂來。

「我並沒有……那只是……」夜歌意外沒發脾氣，只是軟弱無力的抗辯，卻很快的被神官的氣勢壓倒。

「求求妳安分一點吧！像昨天乖乖冥思不是很好嗎？」神官真的非常激動，「妳快死了啊！照妳這種身體狀況應該在墓地長眠了……天啊，為什麼……明明妳跟神聖的大巫師同姓名，為什麼會是這個樣子……我不能接受……」然後神官哭了。

夜歌雙眼無神，「妳已經說第四次了……好，我輸了好嗎？我今天就當植物，神官大人妳饒了我吧……」

神聖大巫師？有什麼離奇荒唐的誤會嗎？

但是夜歌拒絕回答，沉默的吃完早餐，就躺在病床上陷入無神的冥思狀態。

愛麗和夜歌（目前）的天賦幾乎是背道而馳。愛麗是自然的孩子，天賦趨近排斥邪惡。但夜歌現在卻是個操弄邪惡的術士。一面使用愛麗的天賦操控他的封印，一面行使邪惡為防禦……這才是讓她臥病在床的主因。

但是剛剛窮凶惡極的神官卻和善的要他放心，出去散散步。「第一次來克麥隆吧？年輕人不要待在病房裡，我們會好好照顧夜歌小姐。克麥隆是個很美的城市，你一定會喜歡的。」

本來他想拒絕，但轉思想想，還是去布告欄看看吧。雖然賣了那堆武器有點積蓄，但總不能一直靠打劫維生。

但走出神殿大門，他就睜大了眼睛。神殿廣場上有個大噴水池，池上是個美麗慈悲的女子，雕塑者一定充滿了愛，將這雕像雕得充滿神聖氣息。

但是誰來告訴他，這個說明用的碑牌是怎麼回事。

「她的心靈充滿慈悲，她的目光永遠投向善良。在邪惡之前，她義無反顧的犧牲自己以遏止。獻給克麥隆城王國魔法師，逢末．夜歌。妳將永遠不會被遺忘。」

……他們說的是誰啊？夜歌不是只在克麥隆任職兩個月嗎？

但他一路行來，看到了夜歌街和逢末路，書店裡一排「逢末．夜歌行誼」，連市政廳都懸著她的畫像。他在布告欄接了一個獵殺魔物的任務，詢問任務內容的事務官知道他第一次來，還很熱心的建議他去看看王國圖書館前面那個三層樓高的夜歌雕像。

「……大巫師，好像只在克麥隆任職兩個月。」他含蓄的說。

「年輕人，不在任期長短！」事務官很不高興的教訓他，「沒有偉大的大巫師，克麥隆早就滅亡了！」

都已經是百年前的事情了……克麥隆人在想啥啊。

那個獵殺魔物的任務，讓他很無言。根本不是什麼魔物……就是個會幻化卻沒半點實力的小妖精。他拎著哭哭啼啼的小妖精回去交差，結果事務官說了那隻小妖精一頓，要他憑著光之神和逢末・夜歌的名義起誓，絕對不再搗亂田地，就把他放走了。

烈還是收到了酬勞，只是有點納悶。

書店裡的書一點參考價值也沒有……克麥隆人大概把光之神和夜歌搞混了，寫得一整個神聖……完全面目全非。

最後他買了「夜歌蛋糕」回去，夜歌漲紅了臉，「你諷刺我是吧?!」

「……據說這是大巫師最愛吃的甜點。」

「哼哼，」夜歌慢吞吞的下床，「吃這個一定要配紅茶……」

「妳想被神官轟炸嗎？」烈暗暗嘆口氣，「我去泡紅茶。」

結果還不是吃得一臉幸福。果然是她最喜歡的甜點啊。

「我看到很多妳的雕像和畫像……很多。」他坐在夜歌的床頭。

「蠢。」夜歌批評，「但也不意外。你知道克麥隆物產不豐，卻是有名的軍武之都嗎？」

烈點了點頭。

「但有一段時間，克麥隆經濟很蕭條很危急。」夜歌幸福的喝了一口紅茶，「你最大的優點就是紅茶泡得很好喝。」

在夜歌出生之前，有一段時間，魔法師大大的佔了上風，而近戰系幾乎都沒落了。但不是因為教導魔法的馬雅學院擴大招生得太過頭，也不是因為那群祕密結社似的低調術士外出傳教。

而是有群因為天賦不足的魔法學徒，被嚴格的馬雅學院刷出來，忿忿不平的聚在一起研究，發明了一種速成的魔法之道。

馬雅學院重視的天賦、尋求的真理，都是正面的能量。而正面能量累積困難，且需要相當的智慧和天賦才有所成就。祕密結社似的術士雖然研究負面的能量，卻非常嚴苛的選擇學徒，講究心智堅韌，因為他們的目的是讓邪惡屈服為己所用，敗給邪惡只是弱者所為，絕對不是強悍的術士。

但這種速成的魔法師，就算是普通人也能成就，無須天賦也不用智慧，只要會揮法杖和背書就可以了。他們使用的力量是世間用之不盡的負面力量，忍耐一點痛苦，在胸口鑲嵌一個「寶石」就可以了。而且「寶石」還可以繼承，每過一代就更強。

這種速成魔法之道漸漸的傳播開來，許多王國縮減甚至解散騎士團，成立國家魔法戰士團。

只是誰也沒有想到，這些「寶石」事實上是惡魔的卵，導致日後破卵而出的惡魔幾乎攻陷了整個大陸，也間接造成大巫師的死亡。

「當時還沒那麼嚴重啦，只是重魔法輕近戰的結果，直接衝擊了克麥隆。當時連路上亂跑的冒險者都是法系……糧食不足以養活全國人民的克麥隆本來就是軍武輸出國家，結果因為這個衝擊，蕭條了幾十年。

但這裡又是個戰略要位，所以鄰國虎視眈眈，國力空前絕後的弱勢……馬雅學院的那群廢柴都拒絕來這兒任職。」

「當時的克麥隆王是個騙子。」夜歌嘆氣，「他親自來請我，告訴我克麥隆王國圖書館有亞爾奎特的古籍，說得天花亂墜……可惡！居然被個奸商騙，真是我人生中最大的污點！」

不說亞爾奎特古籍大部分都殘缺，而且只有寥寥數冊。夜歌面對的就是一個巨大的爛攤子。

邪法橫行，鄰國虎視眈眈，糧食和水源嚴重不足，經濟蕭條，整個國家動盪不安。

最嚴重的是……她在看書時老被打擾。

「明明看一個禮拜就可以看完的書，結果我看了兩個月！」夜歌非常憤慨，「明明很簡單的瑣碎小事……為什麼要我出手！我才不想為了那麼點書付出那麼多努力！」

「但妳還是付出了吧。」

夜歌張著嘴，臉孔慢慢紅起來，「那、那是……因為那都很簡單。只是我不知道這些人為什麼腦筋像是中了石化術。刀槍劍戟多鑲幾個不值錢的珠寶就可以賣個奢侈品的價格呀，既然有做軍武的實力，那改作精良農具不難吧？嚴守什麼家業和傳統……白癡。

水脈很充足啊，找出來就好。邪惡法師根本是廢物們，隨便就打得死。我在這兒任職過，哪個國家會想來打這塊沙漠地……想死喔？」

捧著紅茶杯，夜歌注視著微微蕩漾的茶，「人類，真的很白癡很無聊。不管是男人還是女人，腦袋都空空的像是雪洞一樣。跟人相處真是煩死了……他們還會自己幻想根本就沒有的情節……我只是想趕緊弄完，好專心看書而已。」

烈重泡了紅茶，換掉夜歌手裡已經涼了的那杯。

或許吧。一方面覺得很煩很討厭，打擾她看書，一方面又嘆氣，皺著眉去做那些「簡單工作」。

不管她的本意是什麼，但她在這世界上留下了難以磨滅的痕跡，直到現在，百年過去，只任職兩個月的克麥隆依舊崇慕著她，在最危急時扶持了他們一把。

我呢？我做了什麼？

除了極力逃避自己龐大而不祥的宿命，我做了些什麼呢？什麼，也沒有。我甚至連稍微追究一下都不曾，更不要說面對。然後什麼也，沒有做。

背後一痛，夜歌齜牙咧嘴的甩著手，站得還有點不穩，臉色很不善，「又在鑽牛角尖了是吧？你們這些騎士真是討厭死人了！做你該做的事情啊，蠢！現在你該做的是……」她把空的紅茶杯一送，「我還要一杯！」

「……喝太多會一直跑廁所。」

「要你管！你也就剩下泡紅茶好喝這個優點了！比、比其他人稍微沒那麼無聊就這個了！」

他該做的事情嗎？這次，他不要逃避了。不過在這之前，還是先泡紅茶吧。

那天夜歌睡了以後，他磨了劍，很認真的鍛鍊起來。不倚賴封印的力量，讓自己變強。

磨練體術和劍術，磨練意志。直到能夠和自己的宿命面對面為止。

終於康復離開神殿的夜歌深思，滿臉堅毅的說，「我要去王國圖書館。」

「……所以還是決定征服宇宙了嗎？」烈脫口而出。

「吭？」

「不，我是說……」他趕緊泯除夜歌黑化的推論，「王國圖書館不是誰都能去的。」

「沒錯。」夜歌笑得很甜蜜，但也挺可怕的，「以前我還是大巫師的時候，很懶得帶零碎的東西。所以各王國的圖書證，我都放在最可靠的地方。別的地方大概不行……克麥隆應該沒問題吧。」

「……在哪？」

「任職國家的神殿主神像的嘴巴裡。」

……這不覺得很褻瀆嗎？

「我跟你們不一樣，如果再不想起法師的記憶……我的術士程度也就這樣而已。所以還是去砥礪一下腦力吧。」

她沒有說出口的，是心底很深的隱憂。馴服黑暗、追求真理，對她來說非常輕易而且理所當然。所以她一直沒有去深思，為什麼別人只當法師或術士，不會有雙修出現。

雖然不應該，但她並沒有實質上的信仰。真正讓她服膺的是大道。她認為有光就有影，黑暗和真理是一體兩面，只追求一方面的那種失衡，才讓她覺得不可思議。

但她強行修復和佔據了愛麗的肉體，卻讓她的純粹注入了雜質，現在的她飽受失衡之苦。

放棄嗎？當然不要。愛麗不該那樣慘死，她的人生要不要繼續，最少也得尋到魂魄問一問，讓愛麗自己選擇吧？在那之前，她得讓愛麗的身體活下去，最少要有選擇權。

但是嚴重失衡的她，使盡全力占卜，居然撲空……她以為愛麗的魂魄會在克麥隆的光之神殿。方位來說，明明是克麥隆沒錯。難道她失衡到如此失誤？

可她連一個小小的火花都沒辦法產生，到現在所有法師的知識都徹底殘缺。無所謂。頭腦是可以鍛鍊的，她逢末・夜歌可是鍛鍊頭腦的專家！

「你愛幹嘛幹嘛去，反正我會泡在圖書館。」夜歌揮了揮手。

「好。我剛好要去圖書館。」烈靜靜的回答。就是痊癒了，他才更需要看好這個大巫師，免得產生不可挽回的後果。

他到底在引導什麼奇怪的過程和結論……？夜歌一反常態的沉默，她實在不想知道烈會怎麼推論。

不過烈的擔憂沒有發生，只是圖書館長驚喜交集的衝出來，問他們能不能用新的圖書證換這張古董，夜歌也毫不客氣的跟他換了兩張。

這個圖書館非常大，宛如一個小城般。但規模跟別的國家比起來，的確小多了。最多的是關於鍛造和軍武的書籍。雖然打掃得很乾淨，還是非常古老。

夜歌邁入圖書館就緊繃起來，匆匆的在書架間穿梭，連一本也沒拿。連對魔法不怎麼敏感的烈都覺得有些異常。

「……愛麗的氣息。」夜歌跑到圖書館的中庭，聲音有些顫抖。

「可能是。」烈的封印震盪得厲害。

最後他們俯瞰一個深幽的枯井。明明沒有水，刮上來的風卻帶著溼潤的氣息。

但為了誰先下去起了爭執。

「一起下去好了。」烈俯身抱起她。

「好吧。」夜歌皺了皺眉，「你好歹也問一聲，愛麗是年輕女孩子欸，隨便摟摟抱抱……你要負責喔！」

「我抱的是大巫師逢末・夜歌。」烈跳進枯井裡，點踢著井壁減緩下墜的速度，好一會兒才落地。

沒想到克麥隆的王國圖書館下面，有這麼幽深寬廣的鐘乳石洞。

夜歌彈指，一團黑火浮現，骷髏頭模樣的黑火，乾枯眼眶冒出的綠光照得鐘乳石洞更鬼氣森森。

「你要抱到什麼時候啊，放我下來。」夜歌沒好氣，「這樣我怎麼占卜？」

但烈還是確定沒有危機、看清附近才把她放下。

空洞的腳步聲，伴隨著滴水聲，他們小心翼翼的前進。烈的手一直按著劍，莫名的緊張，明明沒有任何生物或魔物的氣息。

夜歌堅定前進的方向的確有很龐大的、吸引封印的力量。他的封印因此被干擾，必須更竭力的壓抑。

直到非常深入鐘乳石洞，在綠火的輝映下，出現了巨大石脈中的透明鐘乳石……和夜歌容貌（目前）相似的靈體，安靜的蜷縮在透明鐘乳石中，睡顏非常安祥。

「愛麗！」夜歌伸手。

「不！」烈大吼，但夜歌的手已經觸碰到鐘乳石。

鏗鏘落地的，是附在鐘乳石柱上的龍牙，他們被成形的龍牙兵分割包圍了。烈拔劍猛揮，將分隔他們的龍牙兵切碎，夜歌身邊浮現人脂蠟燭，怒火中燒的捧著葬喪記錄書吼，「所眾百鬼皆我所有，聽我諭令……」

寒冷的濃霧降臨，伸手不見五指。夜歌的聲音也赫然停止。

濃霧漸漸彙總成形，一張美麗得一點瑕疵也沒有的臉孔，穿著代表法師的銀白法袍，握著一個破碎的骨匣，卻像是條繫在夜歌脖子上的無形鏈子，身不由己的被拖過去。

碎裂的龍牙復合，又成了一個強壯戰士般的龍牙兵。

掙扎了好一會兒，咬牙切齒的夜歌嘶聲罵道，「孽徒！」

「師傅，請您省點力氣。」宛如天人般絕美的法師輕輕的笑，「那些骯髒凡人的事情，您不該關心的。更不該關心到……」他的聲音沉了沉，「剝離不出來的地步。」

「夜歌！」

「不要喊啦，跟小說一樣蠢！我只是代班的……呃嗚……」她抓著自己的脖子，露出痛苦的神情。

但鐘乳石洞的氣溫不斷下降、下降，原本環繞著溫柔氣息的法師漸漸陷入陰鷙，「不是告訴您，不要關心污穢的凡人嗎?!」

「放開那個女孩！」烈暴吼，並且狂暴的解除封印。

……拜託！不要喊那句，夠蠢了啦媽的……夜歌窒息之餘，感到非常的悲傷。

她瞬間了解了，這整個就是個精緻的陷阱。

她那個孽徒，一定是養好了傷，一路追蹤過來。也可能是先去找愛麗算帳，卻發現他所占卜的愛麗已經死了，但是相似容貌的小姑娘，卻出現在光輝鎮，而且名叫夜歌。

真懊悔當初掙脫人工巫妖的束縛時，沒下狠心殺掉孽徒，只把他打了個半殘（附帶許多正義的懲罰），最後還放過他（其實是孽徒自己逃掉了）。

於是很了解夜歌的孽徒梵離，佈下了這個龐大精細的陷阱。他早在百年前就成為巫妖了，跨越死亡後更了解死亡，甚至可以瞞騙誤導和軀體整合不佳的師傅。

現在情況很危急，問題很嚴重。

烈已經完全解除封印，已經不是部分變形……全身環繞著燦亮的火焰，伸長的獠牙突出唇角，瞳孔變成純青的火焰，手指血花四濺的突出利爪，猛然一搧，背後出現片片火羽的巨大翅膀。

「你這笨蛋！」夜歌沙啞至極的對著烈揮拳頭，「這樣恢復原狀沒有衣服可以穿啦！……別撲過來，喂喂！」

幾乎失去理智的烈，被埋伏在梵離左右的巨大骷髏角馬洞穿。

不能慌。快穩定下來……咒語，不要被混亂……但她的脖子差點縮緊到折斷，大腦像是炸了一樣。

「師傅，妳想裝笨混淆我是沒用的。」梵離靠近她的耳邊細語，「我好不容易找到妳殘存的骨匣呢……」

但他沒能繼續戲弄夜歌，因為刺穿烈的骷髏角馬，已經被拆毀而焚盡。而被刺穿的烈，胸膛巨大的傷口用肉眼可見的速度迅速癒合。

這感覺不對。太不對勁了。不管用了多少骷髏死靈阻止，這個全身飄盪著火焰的怪物卻不斷摧毀而逼近。唯一能夠略微阻礙他的只有龍牙兵，但也紛紛燃盡。

這不是凡間的火。他只濺到一點點火星，連衣料都沒有傷著，卻瘋狂的吞噬他應該水火不傷、刀槍不入的巫妖手指！

他當機立斷的把手臂卸下來，抹了一點夜歌殘存骨匣的粉末，喚出石像鬼幻化成骨龍，並且將沾了夜歌氣息的手臂扔給石像鬼，濃重冰冷的死霧再次席捲。

夜歌考慮過，若是力抗到底，很可能夠她逼近全身力氣喊一聲「救命！」或是

「烈！」，但兩者都太像奇幻愛情小說，實在太傷她尊嚴了。

於是這個很重視顏面的大巫師終於還是錯失了呼救的機會，被她的孽徒，很小說的綁架了。

這就是太重視尊嚴的後果……結果還不是很愛情小說的被綁架。

以為逃得過嗎？不可能。阻擋在我面前的不自然、歪斜不合規則之物，通通徹底焚燒吧！淨化吧！成為灰燼吧！

還給我！把……還給我！

……是什麼？要找的……是什麼？任性傲慢自大……的什麼？貓嗎？不，不是……彆扭又倔強，常常無視規則的……什麼？

在哪裡？在哪裡?!

焚盡淨化所有歪曲，為什麼還找不到?!

環繞著霹靂雷電的火焰，完全失去理智的烈抬頭。原來，在那裡。在接近洞頂飛翔……最嚴重的歪斜和他欲求之物在那裡！

揚起飄落片片火羽的巨大翅膀，一展翅就追上，撕裂污穢的偽龍……但最嚴重的玷污和歪斜為什麼沾著他欲求之物的粉末。

他終於徹徹底底的迷失了。封印之下的封印，蠢蠢欲動。

不對……一切都不對。每一塊岩石，每一吋土地，都有微小歪曲……規則……秩序……都不能徹底執行。

沒有規則是不行的！失序是不能原諒的！

但破壞了鐘乳石，發現之下的本質依舊有微小的歪斜，而這些不能完美符合規律之物，構成了更加歪斜、時時失序的一切。

不！這種歪斜和失序會毀掉一切的！

為了保護所有的一切，只好通通毀滅掉！對了，就是這樣……

對什麼對啊？熟悉的味道，熟悉的聲音，依舊那麼不耐煩。**做你該做的事情！這真是你想做的嗎？**

他低頭看著懷裡遲遲沒有毀滅的，乾枯的手臂，和其上不起眼卻味道熟悉的粉末。

逢末・夜歌。

站在被毀滅得面目全非的土石堆上，整個鐘乳石洞發出震耳欲聾的聲音，恐怕要坍塌了。

他掙扎而歪斜的飛到枯井，砂石流狂暴的追趕，即使非常努力，還是被淹到腰部。更糟糕的是，他失去理智時瘋狂的使盡所有力量，一旦清醒封印居然自動封上。

你這笨蛋！這樣恢復原狀沒有衣服可以穿啦！

「……果然，還是要稍微考慮一下現實才行呢。」他喃喃自語。

那一天，克麥隆發生了一場大地震。非常神經質的王國魔法師又跳又尖叫的把震源撲滅了。

雖然很神經質，但的確是個能幹的魔法師，讓人站立不住的大地震居然沒什麼損失。連震央的王國圖書館除了倒了一些書架，只丟了一幅厚簾幕，而且之後一個禮拜又洗乾淨擺在原處，讓圖書館長飽受驚嚇，拔腿跑去神官那兒希望幫王國圖書館祓禊一下。

當然，我們都知道不是鬧鬼，而是規規矩矩的烈把自己挖出來後，趁著地震的混亂暫時借用了厚簾幕，之後還特別洗乾淨還回去。

這次鬧得過頭，可憐的烈飽受渾身刺痛之苦。他很想立刻啟程尋找夜歌，但完全不知道她被帶去哪裡。

不過，他擁有巫妖的手臂和夜歌的骨匣粉末。

……書到用時方恨少。魔劍士的基礎魔法中，有初階占卜……但他從來沒仔細讀過。即使有非常具體的占卜物，占卜的結果還是很荒唐離奇。

在他全身刺痛難行的時候，他悶悶的在床上看「初階占卜」，無力的體認到，人都有行和不行的部分。

* * *

壁爐的火劈哩啪啦，異常溫暖。夜歌端坐在一張舒適的高背椅上，心底說不出的特別窩囊。

結果還是沒逃掉愛情小說的蠢情節被綁架了啊啊啊！

剛修復了手臂的梵離，慢慢的踱進來，欣賞著夜歌繃緊的臉孔。果然，內在必須是師傅才行。外貌相同一點用處也沒有。

「沒想到，師傅的頭髮是亞麻色的也非常好看……」他伸出手。

但夜歌飛快轉過頭，那張嬌嫩甜美的臉孔，卻冒出十二萬分強悍的威嚴，不管嗓音有多稚氣，依舊飽含雷霆之怒，厲聲道，「退下！」

僵了一會兒，梵離不由自主的倒退兩步，謙恭的低下頭。

對了，這就是師傅。這才是真正的師傅，大巫師，逢末・夜歌！

「有了肉體，一定很辛苦吧？」梵離溫柔的說，「我為您準備了餐點，都是您愛吃的……」

一樣樣熱騰騰的食物擺上來，侍女一直低著頭，抬頭時卻讓夜歌有點反胃。那是她百年前的容顏和身貌。

她將湯匙一丟，「你認為我會把這些東西吃下去嗎？我很了解你，梵離・歷森。我沒興趣吃有添加物的食物，褻瀆『食欲』這麼重要的事情。」

「您會吃的，師傅。」梵離更加溫柔，「活人就會餓。您那麼重視那個無足輕重的小女孩，不會把她餓死。」

夜歌發出一聲冷笑，非常睥睨而輕視的說，「退下。」

堅持了一會兒，生前養成的敬畏還是佔了上風，梵離謙恭的帶著侍女退出房間……臉色很快的陷入陰霾。

和百年前大巫師容顏相同的侍女淚眼盈盈的抬頭，輕輕扯著他的袍裾，「主人，她、她是誰……？」

「別碰我。污穢。」梵離冷冷的拍開她的手，「妳這種東西不配問她的來歷。」

為什麼……一直那麼溫柔的主人，一刻沒有她都不行的主人……現在會這麼無情？

「主人……」她掉下眼淚。

「妳想被拆掉是不是？想要變成一堆零件和人皮是不是？滾開，到我看不到的地方去！」

侍女掩面而奔，梵離卻沒有絲毫感動，反而覺得非常厭惡。就算有師傅的皮也不行的……內在一定要是她才可以。

用師傅的臉哭泣哀求，實在太噁心了！要不是那張臉皮是從師傅的屍身剝下來的，他真的會恨不得將她拆爛！

牆很薄嘛，結果她都聽得一清二楚。夜歌撐著臉，嘆了口氣。雖然只有寥寥幾句，但她大概知道那個侍女是啥了……蒙著她屍皮的人偶。

馬的有夠想吐。

「明明我什麼也沒做啊，哇哩~!@#$%^&……」她自言自語的抱怨了一會兒，把滿桌子的佳肴推得遠遠的，開始清點身上的東西。

所以說，她最討厭小孩子了。明明她就只是教教他課業，給他吃穿，甚至不太理他，結果變得這麼卑鄙下流又噁心。

她隨身帶著的東西，只有幾根人脂蠟燭，幾罐小瓶毒藥，和一些施法道具。唯一有點用處的，就是一小包淨化用的鹽。

這個房間不小，但籠罩著強力結界……日光或月光可以穿透，但她連想把手伸出窗外都辦不到。

百餘年的巫妖，不是她現在這種三流術士可以抗衡的。

水的問題，可以從空氣中榨取，但食物絕對是不能吃的。裡頭不知道是媚藥還是迷失心智的藥，她可不想對那小鬼有好臉色。

凝視著人脂蠟燭片刻，她咬著手帕淚眼婆娑。雖然理智上知道可食，但即使面臨生存這個大題目，她也吞不下去。

算了。有鹽、水、和光，大概可以冥思著撐下去。她在大巫師時代，體質不適合冥思，她也為了測試底線冥思了兩個禮拜（差點活活餓死），而愛麗的體質很適合，或許可以撐更久吧？

不知道能夠撐多久。難得有機會測試，應該挺有趣的。她微微露出強烈期待的笑意，沉心靜氣的進入冥思狀態。

世界的內在，其實是許多精純的力流所構成。黑暗或真理，只是當中的一部分，但像是雙生子一樣互相依存，是最特別也跟她最契合的力流……曾經。

雖然不像愛麗的天賦那麼驚人，但除了看書，夜歌最喜歡的卻是冥思的時候。和真理與黑暗同行，成為他們的一部分，真正的體會那種精純再無所缺，與世界同在的完美感。

只是現在的她，使用著愛麗的天賦，卻是依循著自然力流而行，也不是說不好，只是總覺得缺了些什麼……蓬勃的生命如湧泉般洶湧，本質是渾沌。但她比較喜歡邏輯清楚明白的黑暗和真理。

或許是，自然與太多人類息息相關，讓她覺得很疲倦。

都這麼多年了……還是不斷的有人提到她，挺煩。

可能是，她一直都不太了解人類吧。讀過那麼多書，學會那麼多法術和闇術，這麼聰明智慧的大巫師，看了再多人類心理解析，能夠準確推測，卻還是不明白為什麼原本純潔的渴望，最後會墮落到污穢不可聞問。

所以她不喜歡人類，常常失去理智，做出莫名其妙舉止，拚命浪費時光的人類。

明明她沒有做什麼，結果有人花時間對她吼魔女，有的人卻崇拜的喊她聖女。

有那麼多無謂的時間不如多用用自己的腦子吧，笨到讓人生氣的一群混帳。

罔顧那些呼喚她名字的人，她漸漸的和自然越來越同步。其實渾沌也不壞嘛，當中包含了黑暗和真理……一個濃縮的大道。只要理解規則就覺得不錯……

她會想去服侍火之王，就是因為純粹的火充滿智慧，同時存在黑暗與真理，創造與毀滅。

或許這樣跟自然同步合流也好，比跟種族相同的笨蛋人類混在一起好……生命和死亡，其實就是真理和黑暗的體現而已。所以她不太在意自己的死亡或生存……

只是，她還有些「簡單任務」尚未完成。

她有的體會和覺悟，是非常高標準的。一般笨蛋人類是達不到……愛麗大概也不行。她一生最堅持的一件事情就是，自由。而愛麗把珍貴的自由給了她。

所以她也要讓愛麗自由的選擇一次，生或死。這是她欠的債務，非償還不可。

還有一個謎呢。冒著紅茶香氣，充滿疑團的謎。那個龐大的宿命真相，真的是不祥嗎？她好想知道，真的好想知道啊……

逢末・夜歌。

冒著紅茶香氣的謎在呼喚她，在眾多雜音中異常清晰。

於是她在自然力流中止步，莫名其妙並且驚駭莫名的和那個謎面面相覷。

烈的驚駭絕對不下於她。他只是在初階占卜屢屢挫敗時，想讓自己冷靜一點，在神殿廣場散步。望著跟夜歌（生前）一點相似也沒有的雕像，無聲的唸著跟事實毫不符合的碑文而已。

然後身邊的一切突然消失，在洶湧翠綠的氣當中，他和夜歌面對面。

沉默降臨，疑真似幻。

「妳有沒有違反太多規則啊？」「我並沒有違反規則喔！」他們幾乎同時說出口。

咦？為什麼這麼感人的相遇是這種台詞？這就是代班的命運嗎？

可是烈卻哈哈大笑起來了。一直很壓抑冷漠的少年，突然笑得這麼開懷……討厭，害我也彎了嘴角。

「沒什麼後遺症吧？」夜歌硬板起臉來。

「妳瘦好多啊……很吃苦吧。」烈凝重起來，「對不起，我的占卜學得很差……還沒找到妳。」

「……誰會期待魔劍士的占卜啊？揮你的劍去吧！」夜歌對他揮拳頭，「我不會有事的，那混帳並不想取我性命。所以，不要來找我啦，你那三腳貓功夫，對付不了他的。再說我們也沒有什麼關係。」

烈卻只是微微笑著看著她，「妳，不能服侍火之王了吧。」

夜歌被他嚇一跳，不太自在的轉頭，「現在有肉體當然不行啦。」

那個巫妖說，夜歌剝離不出來了。原本瀕死的人就不容易救了，她一定是用自己的魂魄去修補。將來，若愛麗重生，她會……？

不，現在先不要想這個。

「我想面對自己的宿命。」烈靜靜的說，「在封印之下，還有封印。是的，我失控的時候隱隱約約觸摸到裡封印。我需要妳幫我……所以，夜歌，告訴我妳在哪。」

果然這謎團讓夜歌的眼睛發亮，激昂的讓原本有些隱約模糊的形體更明顯。

「……我應該在很寒冷的地方。看出去都是白雪，什麼都沒有。」夜歌露出一個有點邪氣的笑容，「但是我在屋簷看到一個印記。那是很古老的教會印記……那混帳大概也看不懂……那是傳說中的亞爾奎特學院從教會獨立後的徽章。」

只有白雪的國度，亞爾奎特的徽記。

「大概是，永冬亞爾奎特分院廢墟吧。」烈點了點頭，「我會去找妳。」

「這樣好嗎？」夜歌緊緊皺著眉，「永冬亞爾奎特廢墟的正確位置沒有人知道。而且你就是從永冬逃離的皇子。」

「我決定，要面對自己的命運。」他伸手想觸碰夜歌……卻穿透過去，沒有實體。「我不要逃避了。我不要再這樣……什麼都不做！」

夜歌昂首睥睨，「不錯的眼神，哼，小鬼，你不只是紅茶泡得好喝而已了……」她的形影扭曲蕩漾，像是被干擾。但是消失之前，她對烈翹了翹大拇指。

周圍的一切突然都回來，他驚愕的四望，像是什麼事情都沒有發生，賣乳酪的小販，刀下的乳酪還沒切完。

他看了看自己的大拇指。正常的女孩子會這樣激勵人嗎？

對大巫師不要有太多期待比較好。他輕嘆了口氣。

她猛然睜開眼睛，斜斜的盯著旁邊舉起餐刀的侍女，就將那個女人嚇得不斷發抖。

真悲哀，被有自己臉孔（生前）的人暗殺，這真不是一般人能有的待遇……搞屁啊！

被中斷冥思的夜歌很不爽，非常不爽。不爽到捨得將臉朝向那個侍女，「沒殺過人？」

那女人的餐刀掉在地上，嗚嗚的開始哭起來。

夜歌的不爽立刻煙消雲散，轉成更濃重的悲哀……不要用我的臉做出那種可恥的表情啊真是夠了！

「說吧，為什麼？」她露出厭倦的神情。

「都是妳不好，」那侍女梨花帶淚的嬌喊，「若不是妳出現，主人本來對我很好的……妳、妳消失就好了！」

「白～癡。」她將目光別開，看到別人用自己的臉耍純情真是嚴重折磨，「不過妳本來就沒有腦漿，就稍微原諒妳好了。聽著，」她撐著臉，用居高臨下的高姿態睥睨著侍女，「我根本不想在這裡，明白了嗎？要怪去怪妳的主人，沒有腦漿的人偶。」

沉重的壓力隨著她的睥睨壓過來，宛如百重之山、千鈞之重，把這個人工製造的人偶都壓得腿軟，眼淚逼在眼眶不敢流下來。

門突然打開，怒氣勃發的梵離看了一眼地上的餐刀，一掌將侍女打倒，揪住哭喊的侍女長長的黑髮。

「呵呵。」夜歌輕輕笑了起來，越笑越大聲，「哈哈哈哈！徒兒，抓著我生前的頭髮，打我生前的臉皮，感覺很優越對嗎？」她的眼中出現極度的輕視，「你也就這種程度啊……永遠不敢正面對著我，是吧？」

梵離沉默了好一會兒，鬆了手，輕聲說，「……對。我只想在背後……」

「你也只是個沒用的東西啊梵離，沒用的東西。」夜歌交疊雙手，惡意而嘲笑，「若不是背後偷襲，你也不敢殺了我吧，嗯？就算我死了這麼久，都換軀體了，你還是不敢正視我啊！你唯一敢的就是折磨我的屍體……作成的玩偶。」

她笑得更嘲諷，很輕很輕，卻惡意無限蔓延，「終究你還是玩洋娃娃的娘娘腔。連舔我的鞋子……都不配。」

百年巫妖的梵離幾乎維持不住完美的表皮，被激怒得差點現出乾枯的真相。他恨，真恨這個怎麼都不肯屈服的女人……哀求和折磨都沒辦法軟化她，他恨，恨得不得了，恨到想掏出骨匣碎片折磨到她哭泣求饒……

不對。等等。

好險，差點又中計了。在夜歌之影的時候，就是被激怒了，才把她的人工巫妖體關在狗屋裡折磨，離他太遠。結果趁他專注鑄造完美骨匣時，那個可惡污穢的人類小孩才有機會把她放出來。

他平靜下來。「師傅，我已經改正了，學會控制自己的脾氣。」

嘖，小渾球。還指望看到他把骨匣碎片擺在哪呢……越大越不好哄。

「師傅，您還是吃點東西吧。不然您寄居的軀體會餓死……或慢慢衰弱而死。」他溫柔的勸誘。

「頂多就是任務失敗嘛。」夜歌輕笑一聲，「不然，你把我的靈魂拖出來如何？再來一次嘛……不過，這是別人的軀體，不足以製作骨匣喔。我這種狀況死亡，恐怕連我自己都會失去記憶和意志，你有辦法戰勝必然的輪迴嗎？」

「我不想冒險，但師傅也請不要逼我非冒險不可。」他也微笑，對侍女示意，那個飲泣的女人起來收拾完全沒動過的餐食。

在他轉身之後，背後的夜歌厭倦的問，「到底為了什麼？你是不是偷看太多愛情小說啊？」

他沒有轉身，甚至沒有回答。

其實，我也沒辦法控制。

我只是……只是不能存在於沒有逢末‧夜歌的世界。

就算自殺，也去不了她那兒……他完全明白。所以他趁大巫師瀕死的那一刻，偷襲了她，妥善保存靈魂和屍體，想盡辦法要讓她復活，卻束手無策。

其實不一定要復活嘛。只要逢末‧夜歌存在就好。只要能熬過死亡的洗禮，成為巫妖，他們會永遠存在，永遠在一起。

就算師傅那麼的大怒，就算她一直想逃離。他就是要控制她、掌握她，絕對不讓她逃走。

「……末兒。」他喚了侍女的名字。

推著餐車的侍女嚇了一跳，怔怔的看著他。

師傅的臉，這是師傅的臉。他仔細割下來，用了無數法術和珍貴藥材保存，活生生的臉孔。

「末兒，妳對我……笑一笑。」

侍女慌張的把滿臉的淚痕擦一擦，露出有點憂愁卻美麗的笑容。梵離擁住她，吻了她如熟蜜般的美麗嘴唇。有一點點滿足，更多的卻是無法填補的空虛。

牆很薄，你們不知道嗎？拜託要演愛情動作片滾遠一點點好嗎？想到女主角居然有她生前的臉孔……還叫做「末兒」這種噁心巴啦的名字……

幹！媽啊大道拯救我快崩潰的心靈啊！

她心浮氣躁到不能進入冥思狀態，只好把耳朵堵起來，自言自語的發脾氣。

就知道跟人類牽扯沒好事……當初她就不該中了激將法收養這個有神經病的學生！明明天賦不錯卻浪費大好光陰在蠢個賊死的愛情情節……腦袋故障啊笨蛋。

逢末．夜歌出生於一個城市商販的家庭。家族很平凡，沒有什麼特出的地方。她到兩歲除了不太愛笑，還是個普通的孩子。

直到她上小學的哥哥為了好玩，教了她一個字，她的世界從此就改變了。字彙總成詞，而詞的正確使用，就可以構成整個世界。她徹徹底底被知識給迷住了，饑渴的吸收，甚至到小學偷聽老師上課，幾乎是無師自通學會文字。

對知識的飢餓，讓她瘋狂的閱讀，而平凡的生活環境是沒辦法提供那麼多書的。

好餓，這是靈魂的飢餓啊。她只好自己用詞語再造世界，無意間瞥見了真理和黑暗。

然後著迷得更深，並且在年紀很小的時候展現魔法天賦。

也是那個時候，她才發現，與周遭的人有了很遼闊的距離。他們……沒有對知識的渴求，也不追求廣大神祕的黑暗與真理。不願使用大腦，卻被奇怪的情感牽著走，胡亂的浪費光陰和生命。

然後用那種奇怪又莫名其妙的感情排擠她、造謠，甚至有點憎恨。

人類真是太奇怪了。我不要被那種髒兮兮的情感染上。明明有那麼遼闊無邊的知識和一切可以追求，為什麼把生命盡情浪費在盡情忌妒傷害別人，一點邏輯都沒有。

連她的父母都抱著這類的情感，真是太奇怪了。她去馬雅學院，他們居然是暗暗鬆了口氣。

算了，沒有時間管他們。要看的書太多了，值得追求的黑暗和真理太深沉了，她不要浪費生命去管那些明明很簡單卻自己糾結的無聊情感。

她為了驅除整個大陸的惡魔捨身，有部分是因為難以遏止的好奇心，但也有部分是想償還身為人類的既有債務。

不管她對人類抱持著怎樣的感受，人類生下她、教育她，提供她知識足以深探黑暗和真理。她到底還是懂一切都是等價交換，維繫有恩於她的種族是本能的債權和債務。

……但為什麼連死掉都被無聊的人硬拉回來！關她屁事啊拜託？愛愛愛，愛你的大頭鬼啦！我從來沒干涉過任何人的自由，為什麼要干涉我的自由啊！

一定都是愛情小說不好！明明告訴過死孽徒這種東西看多了損害腦細胞，他一定是沒聽話偷看太多損害到腦幹了！

早知道當初掙脫人工巫妖體的時候，就不要下手那麼輕……該把他腐朽的腦漿都從腦袋裡打出來好好的把毒素洗乾淨！

原來這就是後悔莫及的滋味……她真傷心。

……不該發脾氣的，肚子好餓。腦子也好餓，好想看書。

那小鬼真的會來嗎？

發現自己隱隱期待的大巫師感到悲哀。淪落到要等個只有十七歲的小鬼來救她……像個愚蠢無能的愛情小說女主角，真是……只能咬著手帕強忍住淚水。

她終於有點像少女了……非常少女而憂鬱的嘆氣，眼中的淚水不斷打轉，忍著沒有滴下來。

* * *

他還以為永遠不會回來永冬。

站在霜雪遍布的國境，烈默默的想。

三年前，退休在即的王國魔法師慎重的告訴他，他龐大不祥的宿命即將甦醒。永冬國王之所以打算改換王儲，就是因為他身負的力量，有機會恢復永冬帝國的榮耀。

「……不管怎麼勸阻，吾王都不打算聽從我的諫言。霆烈殿下，我能做的只是一再的加強原本的封印……但我已經老了，壽命將終了了。是的，如吾王所願，若您完全解封，的確能如傳說中的永冬帝國般，君臨統一全大陸，甚至更遠。但這會是毀天滅地的災難。請您好好思量。」

如果沒有發作過，他不會徹底相信王國魔法師。但某次遭遇雪崩時，被巨大的天災刺激，他變成怪物……一部分。這件事情從來沒有人知道。

這是個軍事國家，從遠古傳說時代就不斷朝外擴張，一直都是讓鄰國厭惡的存在。雖然時間很短……但也統一過全大陸。

當然，現在的王朝不是曾經雄霸大陸的永冬帝國。政權更易多代，已經沒有向外擴張的環境和實力了。

但造就永冬這樣侵略的國家性格，是因為國土一半多覆蓋在冰雪之下，大部分國土的寒冬長達四個月到五個月。北接冰凍之海，南接死寂沙漠，被高大的山脈阻止，可耕面積難以養活全國人民。

不過，自從癒合之日後，像是漸漸回復綠意的死寂沙漠，永冬的寒冬也不再那麼致命。經濟和農業的漸漸富足，也讓這種侵略型的國家性格緩和下來。

當然還是很冷，但因此短暫溫暖的春夏就顯得很珍貴。他深深喜愛這片白雪覆蓋的國土，從來沒有想到要離開。

但他還是不得不離開了。和夜歌……應該說愛麗這樣的年紀，就離開了永冬。他不知道幾時會壓抑不住解封，最後失去理智。若是可以的話，他希望不要摧殘心愛的家鄉。

父王……大概也沒有原諒他吧？當時他還是個嚴守騎士規範，略微天真的皇子，傻到去跟父王告別，坦承的說明原因。

結果卸任的王國魔法師讓暗部刺殺，他被關進大牢，身繫鎖鏈。

「我養你這麼大就是為了永冬重返榮耀的那一天！你可以不要當王，無所謂！但你是永冬最致命的國家機器，殺戮的刀斧！你別想有逃離的一天。」永冬王咆哮著說。

他第一次和真實的醜惡面對面。騎士嚴守的規範卻不敵重返榮耀的野心，甚至牽連了無辜的法師大人。表面英明神武的父王，卻滿心想著怎麼沾染人民的血和他國人民的血。

在悲憤與不解中，他狂暴發作了，崩塌了堅固的監獄，像頭野獸般逃跑了。茫然徘徊在雪原中好幾個禮拜，才困難生澀的自我封印，找回理智。

他想不起來，也不敢想起來，自己到底有沒有殺過無辜的人，和殺了多少。

一路往南流浪，從東而西。以為過了很久很久……其實也才三年而已。

沒想到還有回來的一天啊……而且從克麥隆趕到國境，也才四天。

以前，他對自己的宿命感到害怕，只想遠遠的逃避，連回頭看一眼也不敢。但和夜歌同行短短的時間內，他漸漸覺得，將宿命和自身切割開來是不對的。

夜歌說過，真理與黑暗是雙生子，所以橫跨法師和術士兩大領域才是正確的道。

雖然他不能完全了解，但模模糊糊能抓到一點點領悟。統合不良的夜歌都能操控他的封印，他沒有理由說辦不到吧？

而且自從與夜歌莫名其妙的隔空接觸，許多模糊的地方突然澄澈了。像是打通一個壅塞已久的關節，許多只仰賴本能的魔法突然理解了規則。甚至很久以前施放在夜歌身上的追蹤法術，突然清晰的浮現，讓他能正確無誤的追蹤。

世界變得非常遼闊，色彩鮮明。隱隱約約的感受到某些強悍。真理，或黑暗。

他有點明白夜歌堅持狂熱追求的東西了。

所以他在保持理智的狀態下，放鬆少許封印，花了四天，就來到這裡。只是必須休整一下……雖然休整的很不安心。

他看到的夜歌，瘦了許多，狀況真的不算好。

得去找她才行。

＊　＊　＊

十四天。夜歌緩緩的睜開眼睛，即使是愛麗這樣的天賦，絕食十四天還是逼近了極限。

鹽所剩無幾。

精力和法力空前旺盛，但體力也是史無前例的低落。精神極度亢奮而肉體異常衰弱的狀況下。

梵離半跪在她面前，狂熱的看著她。「師傅，妳撐不下去了。」

夜歌冷冷的看著他，沒有說話。

「沒關係，我早準備好了。」梵離戀慕貪婪的看著她，「擁有您生前的容顏和皮膚，行動自如、永不損壞的身體。絕對完美的骨匣……本來是希望在這具肉體裡將您殘損的魂魄修補好……既然您選擇絕食而死，那我也有完美的對策。」

夜歌瞥了一眼臉色蒼白的末兒，輕笑一聲，「你的洋娃娃可有自我意識。」

「那種東西，抹除也無所謂。」梵離也笑，「她無法反抗我。」

末兒僵在那兒，眼淚簌簌而下。

「雖然不是內疚，但我也納悶過。」虛弱的夜歌還是維持著大巫師的驕傲，「我想你會變成這樣的下流東西，是不是我的關係。現在這個謎解開了……與我無關。」

她吃力的舉起手，指了指太陽穴，「你這裡出毛病了……腦部病變。」

梵離專注的注視著她，眼神漸漸湧起幾乎壓抑不住的恨意。「師傅，我為您付出一切……您的結論，就是這個？」

夜歌低低的笑了起來，聲音帶著強烈的寒冷和惡意。「對的，面對事實吧，有病的小鬼，你永遠征服不了偉大的大巫師，逢末．夜歌。」

終於，梵離的冷靜破裂了。為她付出那麼多、那麼多。她連恨意都沒有湧現，而是冷漠的割離，說，「與我無關。」

恨我啊，恨我啊！什麼情緒都好，不要說與妳無關！

他掏出殘存的骨匣碎片，夜歌往後一仰，脖子緊縮，像是無形的鎖鏈將她猛拖到梵離的身邊。

但她淺淺的笑了一下。

這種狀況還是背對著我，只敢碰我的頭髮。誰理你啊，神經病。

不過她吃力的轉身，把手按在梵離的手上……握著骨匣碎片的手。笑得非常甜美，而且邪惡。

轟然巨響，骨匣碎片在梵離手上爆炸了，一點殘渣也沒有。雖然和骨匣碎片依舊藕斷絲連的靈魂受到重創，惡狠狠的彈在牆上滑下來，讓虛弱的她雪上加霜，但感覺異常愉快。

哈哈，我終於想起來啦。雷與火。果然逼到極限就有辦法啦！

但臉皮灼焦現出巫妖乾枯本相的梵離也憤怒到完全失去理智，他抓向無法動彈的夜歌……卻撞在一把劍上。

「夜歌！」疲憊的烈終於趕到，緊張的橫劍戒備。

「別、別喊我。」剩下一口氣的夜歌放心的全身一鬆，「喊名字超蠢的……」

雖然現在也很蠢。媽的啦……生死關頭，男主角和邪惡配角為了女主角大對決。若不是連哭的力氣也沒有，她真想痛哭流涕。

命運之神不能稍微慈悲一點嗎？一定要用這種情節噁心她……太戲劇化（還是偶像劇）的人生真的讓人欲哭無淚。

現在真不知道該慶幸還是該懊悔。

若不是這樣瘋狂的趕路，他沒辦法在危急的那一刻剛好擋在面前，但就是趕路得太急了，最後的瞬移，幾乎耗盡了最後的宿命之力。而且是保持理智解封的最大限度。

他終於摸索出不變形也能小幅解封維持飛馳的速度，但臨到緊要關頭，他才發現對自己的封印接近一無所知，只能盲目的摸索。

這就是懲罰吧……他不敢面對宿命的懲罰。若是他早點面對，並且仔細探索，說不定能在保持理智下，發掘出更大的潛能。

現在的他身心俱疲，已經在極限的臨界點了。

這些年，他到底在做什麼？

他很快的冷靜下來，迅速的打量過整個房間，果決的攻向燒焦了半張臉的梵離。大巫師唯一的親傳弟子，傳記裡沒有幾行敘述……但依舊是個優秀的法師，並且變成巫妖。

但是，即使是不死的巫妖，依舊保有法師的孱弱，只是難以殺死而已。那就重創到讓他難以施法的程度吧。

鏗鏘金石交鳴，劍與劍冒出粲然火花，梵離手中浮現一把環繞黑氣的劍，架住了烈，灼焦的臉孔湧出半個殘酷的笑，「污穢的人類……魔劍士由我所創，你不知道嗎？」黑暗的劍氣激昂，非常緊急烈才閃了過去……肩膀卻冒出血花。

精神和身體都非常疲累，疲累到空白的程度。但越過那股強烈的痛苦感，在不可戰勝之敵巨大的壓力下，精神反而變得非常集中，五感空前澄澈，冷靜到連他自己都不可思議的地步。

什麼都聽到了，卻也什麼都聽不到。什麼都看到了，也什麼都看不到。眼中只有不可戰勝之敵、敵劍，和自己，與劍。

他頭一回忘記龐大不祥的宿命，忘記那些沉重不堪的困惑和憤怒。忘記身上不斷的出現傷口，將自己徹底的投入名為「戰鬥」的巨大熔爐，淬鍊一直沒有深思過的劍之道。

不可戰勝之敵有裂縫了……他憤怒而焦躁，幾乎到失去理智的程度。放棄自己身為巫妖大法師的優勢，想要憑劍術將他碎屍萬段。

在梵離雷霆萬鈞的全力一擊下，可怕的劍氣幾乎毀了半個房間……也毀了他精心佈下的堅固結界。烈雖然極力閃躲，還是捲入狂暴的劍氣邊緣，全身的創傷噴湧血花。

他微微一笑，如他預料，夜歌就在伸手可及的範圍。

攔腰抱起夜歌，從半毀破裂的窗戶跳了出去，發出痛苦的暴吼，所有飛撒的血像是被不知名的力量所吸引，彙總在背，浮現巨大的血翅，迅速環繞火羽，極力的飛入暴風雪中。

「不！」梵離發出尖銳的叫聲，闇法猖獗，伸出無數黑暗的觸手想要把帶走他師傅的低賤人類拖回來殘殺到只餘肉沫……背後傳來大痛，中斷了他的施法。

他回頭，看到發著抖的末兒撿起他的劍，捅穿了他乾枯的心臟。雖然不會死，但法力來源的心臟受到重創，就算是百年巫妖也不會沒事的。

「妳、妳這東西竟敢背叛我……」他揚手，但末兒緊緊抿著唇，刺得更深。那是……師傅的臉。他一直愛慕到發狂的，師傅的臉。

最後他陷入法力枯竭的深眠，倒下。

末兒又哭又笑，「主、主人……不用追，不要追……她走了，一切都會跟以前一樣。你只要有我就好……因為我只有你。我，我會永遠在你身邊。一直，一直，永遠永遠……」然後一臉幸福的偎在梵離燒焦乾枯的臉龐上。

沒有追上來？奇怪，不可戰勝之敵的氣息消失了。

壓力一解除，所有傷勢和瀕死的疲憊都湧了上來，他勉強飛了幾里，儘可能安全的降落，還是讓他和夜歌滾成一堆。

北國無盡的鵝毛雪不斷無聲的降落。

她真瘦得不成人形。但沒想到，他會看到逢末．夜歌驚慌到幾乎哭出來的臉孔。

勉強支起身子，他顫顫的觸了觸夜歌的額髮，「……壓碎了。」

「什麼？是骨頭嗎？哪裡？」夜歌更慌張了，聲音沙啞得可憐。

「想讓妳吃看看，我們永冬的……蛋糕……」他從懷裡掏出壓得不成樣子的紙包，上面濺滿了血。

夜歌，對不起。真的，對不起。我沒能打敗梵離，也沒能真的救妳出險境……只能到此為止了。

妳會……好好活下去吧？

……可能的話，跳過盜賊團，征服宇宙（之類）的過程，盡量遵守律法，不要殺太多人。

他的心跳和呼吸都在危險邊緣，快要死了。昏迷在大雪紛飛的寒地上，很快的。

夜歌勉強壓抑住喊他名字的愚蠢舉動，打開紙包……壓得爛糊的蛋糕上面還染滿烈的血。

用力張大眼睛，把眼淚和驚慌一起隨著染血蛋糕吞進肚子裡，命令自己絕對不能哭出來。

「別以為你可以死掉，白癡小鬼！」夜歌低吼，「別、別以為我會很感動……一點都不浪漫！媽的！」

* * *

死亡的懷抱這樣溫暖嗎？

烈眼皮動了動，卻疲倦得幾乎睜不開。然後湧上來的是……刺痛刺痛刺痛刺痛……

他睜開眼睛，先是看到火光靜靜的燃燒，柴火劈哩啪啦，發出溫暖的輕響。抬頭看是低矮的……雪磚？

這是個小巧的雪屋。搭建得挺合標準的嘛……

低頭一看，他瞬間臉紅附帶僵硬效果，夜歌偎在他的懷裡，睡得很熟。他部分變形出翅膀來，上衣早就完蛋了……

他想把夜歌挪遠一點，卻把她吵醒。她嗤笑一聲，「臉紅個屁啊？魔劍士不懂雪地求生？忍一忍吧……等等僕人就會弄來毛皮，到時候你先擋一擋省得凍死。」

「僕人？」

這個時候，面無表情的僕人走進來。透明發微光，身材高大，穿著永冬古裝……

慢著。為什麼這些「僕人」，看起來和永冬春秋祭祀的「祖靈」那麼像?!

「你們永冬的祖靈法力很深厚，也很容易溝通呢～☆」夜歌笑得甜蜜蜜，「可惜只能暫時差遣一下，不能永遠奴役……」

烈炸毛了。大巫師想把我們祖先怎麼樣?!

皮毛、食物、飲水、燃料……應該是祖靈殿堂的供奉吧？這個黑心的大巫師是怎麼逼迫永冬祖靈的啊？

「我記起雷與火的法術了。」豎起纖白的食指，夜歌笑得很無辜……表面上。

「招喚靈體和淨化靈體二合一唷。」

祖靈被招喚↓被大巫師拿淨化雷火驚嚇↓被奴役差遣蓋雪屋↓怨氣深重的回去搬家當。

「妳難道……」想唸她兩句，卻看到她小口小口的嚼著肉乾，眼睛底下有著深重的黑眼圈，憔悴瘦弱的不成人形。

他沒能撐過去，把她一個人拋在荒蕪的雪地。

「……對不起。」

「神經病，幹嘛隨便低頭！」夜歌皺眉。

該怎麼說呢？糟糕，真正的心情說不出口。「……我差點輸給梵離。」

「誰說的啊，你一定會贏的啦。」夜歌微微昂首，「因為你泡的紅茶很好喝，他呢，泡得難喝死了。所以你一定會贏。」

……這個邏輯是怎麼回事？紅茶好不好喝和戰鬥有什麼關係？

但夜歌埋頭猛嚼肉乾，卻沒再抬頭。

「喂，夜歌，妳還是替我擔心了一下下吧？」他突然大膽的問了。

嗚喔，相當惱怒的表情，臉都黑了。

但大巫師的報復相當殘酷。

「不！住手！不要戳！」還沒辦法動彈的烈滿額冷汗。

「痛不痛啊？這裡呢？嗯？」夜歌蹲在烈身邊，用食指戳他刺痛不已的關節和肌肉，「啊，或許是這裡？」她朝著烈的後腰戳下去。

「……拜託妳住手。」

惹怒大巫師真不是智舉。

烈把手搭在眼睛上，無聲的嘆了口氣。

報復到高興的夜歌終於累了，抱著他的手臂睡得很熟，一點羞赧也沒有。對她來說只是雪地求生的一部分吧……

不知道該笑還是該哭。

那樣的重傷，只一晝夜就幾乎痊癒了。除了深深的疲憊還驅除不了，已經沒有什麼大問題。

連斷掉的肋骨都自動接合，這真是……怪物般的身體。

但現在他卻有點慶幸是個怪物。不然怎麼把餓了兩個禮拜的夜歌救出來……他頭回理智的湧起殺意。

身為學徒卻反叛師傅，橫加折磨，必須受到制裁。

總有一天……總有一天吧。

現在他需要的是，好好把握時間，仔細了解自己的封印和能力，以及自己的極限。浪費掉的光陰已經太多了。

封印之後，居然是一團環繞著雷與火的狂暴之風。那到底是什麼？試圖理解、分析，發現他也擁有部分操控狂風的能力。而他以為的枯竭，只是不會運用，力量一直在那裡。

但他不敢冒然深入……核心有個可怕的東西，封印之下的封印。

還不是時候。

唔，現在他終於有點法系的味道了。學會怎麼冥思。只是不是追隨大道或黑暗、自然或元素。而是和自己身負的力量，同步而齊行。

真奇妙的感覺。

但有某種聲響，將他從冥思中驚醒。那是暌違已久，卻熟悉的聲音。透過毛皮地毯之下的雪地，非常非常細微，卻如戰鼓般傳來。

這樣的數量……這麼多能在雪地跋涉的軍馬……永冬騎士團。

果然還是不夠成熟啊，我。烈默默的想。為了那種急迫危機感，只花了七天，他從大陸中央的克麥隆狂奔到大陸最北的亞爾奎特廢墟，連迫不得已的休整，都沒精力和時間隱匿行蹤。

如芒在背的注視感，同行一定有擅於占卜的魔法師。距離大約……三天路程。

他起身迅速的整理包裹，簡單的把獸皮捆紮在身上代替上衣。還很疲倦，但是可以撐住的疲倦。

「夜歌，」他輕輕搖著，「我們要走了。」

「怎麼了？」她揉著眼睛，一臉的愛睏。累壞了吧？撐著術士的精神控制，又張開法師的結界。統合不良又差點餓死的大巫師也絕對吃不消。

「永冬……追過來了。」他回答，並且幫夜歌披上毛皮替代披風，「我背妳，妳休息一下，不要輕用法力。」

「我自己可以走……」還不太清醒的夜歌起床氣很重。

「姑且把我當成馱獸吧。」他澄澈的黑眼珠注視著夜歌，「妳已經很辛苦了。」

啞然片刻的夜歌，悶悶的伸出手，抱著烈的脖子，趴在他背上。「超蠢的你知道嗎？吼，我只是代班……你怎麼知道的啊？」

「我是永冬子民，還是騎士團的一員……曾經。」他奔出雪屋，風雪張牙舞爪的撲上來，讓他仍感疲憊的腳步顛簸了一下。

但寒氣和風勢卻減弱很多。趴在他背上的大巫師，還是出手張開一個隔絕用的黑暗結界。

「妳負荷已經太重。別這樣，我可以……」

「囉哩巴嗦！」依舊處於起床氣狀態的夜歌大怒，「我是餓到沒力又不是真的廢了！馱獸就做馱獸該做的事情……給我賣力的跑！大巫師就做大巫師該做的事情……減輕你我的負擔！告訴你啊，別指望太多哈！頂多就是稍微保暖和減風，為了續航力問題，我現在搞不了太大的玩意兒了……」

烈淡淡的笑了一下，踏雪無痕的往前狂奔。漸漸的熟悉封印下的力量，和如何嚴守理智的駕馭這股狂野暴躁的力量。

呼吸、心跳，力流……漸漸的協調起來，疲倦依舊，卻沒有因為狂奔而累積。

但他並沒有逃離太遠，依舊維持著三天左右的路程，甚至能夠停下休整，打獵，在篝火上吃熱騰騰的食物。

「能夠在雪地長時間奔馳的永冬軍馬並不是太多。」烈淡淡的解釋，「當中出類拔萃到能夠保持相同的速度追蹤的，更是沒多少……照速度看起來，他們很急，沒有休整的打算。」

「隊伍會慢慢拉長，對吧？」夜歌點點頭。

「是的。他們人數很多，當中應該還有王國魔法師和許多高手。但我們只有兩個，只好這樣削減數量……」他沒有發現，自己的笑和夜歌有點相似，「然後落單的……請他們的馬永遠休息，原地等待救援吧。」

這小鬼果然不是只有泡紅茶很好喝這個優點而已。動起腦子也很不錯嘛。

「讓我……自豪一下吧。」夜歌低沉的笑，昂首而睥睨，「證明跟大巫師有因緣的小鬼，不是只有梵離那種廢渣！霆烈．霜詠啊……證明這個，讓我自豪一下吧！」

喂喂，少女嬌嫩的臉孔，出現那種魄力滿點的表情是可以的嗎？

但若是大巫師逢末．夜歌，應該就可以吧。

因為那個熾熱充滿魄力的表情，真是棒透了。讓一直很冷靜自持的他，都覺得熱血沸騰了。

「絕對，會讓妳很自豪。大巫師閣下。」

永冬的戰馬是天下無雙的馬。

在惡劣嚴格氣候下繁衍的馬匹，非常高大英挺，耐力持久，甚至在軟厚的雪地也能奔馳如故，萬物凋零的嚴酷寒冬，甚至會圍獵狼群，用血肉替代青草。

永冬騎士團的軍馬當然是當中佼佼者，搭配上排斥霜雪法術的蹄鐵，更是如虎添翼。

但現在正是萬物寂籟最寒冷的時候，追蹤的是如鬼魅般迅捷縹緲的「怪物」，即使是頗負盛名的永冬軍馬，還是開始出現疲憊的差異性。如烈所料，漸漸的拉長隊伍。

永冬王國魔法師的確就在隊伍中，並且配置最好的軍馬，使得他與精銳先鋒同行。但一直是學者的王國魔法師在長期追蹤奔馳和不斷耗費大量法力的占卜中，漸顯疲態，越來越不能正確定位。

最後他們不得不駐營休整，卻發現在暴風雪中發生了令他們憤怒異常的意外，歸隊的剩不到一半。

他們所追蹤的霆烈殿下，夥同一個邪惡的術士，一一侵蝕了落單或只有小隊的騎士，殺馬傷人，然後揚長而去。

「威爾？」烈面容的冰冷稍緩，「真抱歉，我得先借用你的衣服……你傷得不重，後面的同僚會來救你的。」

這位名為威爾的騎士和幾個倒楣的同僚，被恐怖的黑暗侵襲而墜馬，現在還呈現癱瘓效果，只能眼睜睜看著烈把衣服搶走。烈還很好心的把暫代上衣的毛皮裹在他身上。

「霆烈殿下！吾王令我等迎接您回去！」這個意志堅強的騎士奮力掙脫癱瘓效果，虛弱無力的抓住烈的手臂。

「父王要我回去做什麼，你們知道嗎？」烈還是很冷靜。

威爾嚥了口口水，眼神有些恐懼。

所以，他們是知道的。

「『騎士守則第一條：誓衛吾土吾民和平，即死不辭。』我有記錯嗎？」烈淡淡的問。

「沒有戰爭的騎士，生存意義在哪裡？」威爾用盡力氣吼，「烈殿下，您也是永冬騎士團的一員……我們不是擺好看的禮儀隊！」

「成立騎士團，設立騎士守則，然後違背騎士守則，成為狂於戰爭的東西……我不能接受。當初就該成立盜賊團而不是騎士團……不對。盜賊還有他們遵循的規範，會舉起手上的武器，不會去依賴怪物呢……」

他的眼神越來越哀傷，也越來越憤怒。但他用力閉了一下眼睛，再睜開就冷靜下來。

「回去跟我父王說……」

烈撥開威爾的手，站起來，俯瞰著依舊倒在雪地上的以前夥伴。

「我，霆烈・霜詠，不能拋棄和我血脈相連的姓氏，卻不能認同違反騎士守則的永冬騎士團，和應該守護人民安定卻意圖帶來戰爭硝煙的永冬王室！霆烈・霜詠將自逐於永冬王室與騎士團之外，永不回歸！若違此誓……」他用劍氣震斷威爾的配劍，片片若冰霜碎裂，「便如此劍！」

他俯身背起將馬匹煉成迅捷精華的少女，瀟灑的消失在暴風雪中。

「……這樣訣別，沒有問題嗎？」抱著他脖子的夜歌沉默好一會兒才問。

「沒有問題。」烈的聲音很冰冷。

「……你不冷嗎？」光著上半身欸。

「剛發過脾氣，覺得挺熱的。」烈的聲音還是沒有溫度。

是啦，難得看到這小鬼這麼帥……但心裡一定很難受。她能敏銳分析和推測心理狀態，卻從來沒試圖安慰過任何人……因為那些人自怨自艾自憐就煩死人了，她只會火大，不會想安慰誰。

「難、難得你今天講這麼多話，還挺、挺有道理的，稍微、稍微誇獎你一下好了。」夜歌僵硬的在他頭上拍兩下。

結果一直很安靜的烈，突然噗嗤了一聲。

咦？

「我要把衣服丟掉！」羞怒交集的夜歌大吼。

「別這樣，挺冷的。」烈大笑著停步，「衣服給我吧，我只是跟妳鬧著玩。」

夜歌氣憤的把臉別開，烈倒是很大方的在她身後換上騎士裝。永冬因為氣候的緣故，冬季騎士裝線條俐落英挺，而且很保暖，披上披風，非常帥氣。

……只是，和夜歌旅行越久，越被她影響。連打劫衣服這種事情都幹出來了。反正知道威爾住哪，以後再託人寄還給他好了。

回頭一看，夜歌愣在那兒沉思。

「還在生氣？」

「……不，我突然有點震驚。」夜歌咕噥的爬到他背上，「小老頭兒似的小鬼，居然會跟我鬧著玩……莫非等一下會下刀子而不是下雪？」

烈只是微微笑了笑，沒有回答。雖然是非常嚴酷的雪地，但他卻覺得心情前所未有的晴朗……只是引導讓他正視而不是躲避的大巫師，正在他背上自言自語的論證他的異常反應，顯得很好笑。

威爾最後被尋回，帶回來的口信當然不會讓騎士團很高興。被激怒的騎士團嗷嗷怪叫的誓言要追回叛徒，但卻被虎視眈眈的叛徒和邪惡術士搞得人仰馬翻。

最可怕的一次是，王國魔法師和精銳小隊與這兩人組的對決。

看起來贏面很大。王國魔法師與精銳小隊共七人V.S.反叛皇子與邪惡術士二人。早就預知他們的雙人組合，精銳小隊已經讓神官祝福過所有黑暗抗性，王國魔法師先遲緩限制反叛皇子，他們六人精銳小隊擊殺邪惡術士，事情就結束了。

這六個騎士團近戰精銳，毫不意外的擊破了邪惡術士的黑暗防禦……卻沒辦法再往前一步。邪惡的術士在藍光之下陰森的笑了笑，碎裂的黑暗咒文陣之下，是精純的雷之咒文陣，彙總雪國濃郁的靜電，讓他們好好的品嚐一下燒焦麻痺效果的滋味。

王國魔法師則是被魔法無效的反叛皇子一記手刀，砍昏在地……強烈疲勞和倒臥雪地過久，導致了重感冒。

最後因為傷兵不斷增加和王國魔法師病倒，不得不回返請求支援。但等後援趕上後，已經在茫茫大雪中失去了他們的蹤跡。

所有擁有占卜技藝的法系，完全占卜不出霆烈・霜詠的下落。

不管是用什麼方法，最後都是一大堆色塊雜訊，然後過載到砰的一聲，暫時炸掉占卜技藝，好一段時間才能慢慢恢復。

永冬王因此暴怒，但卻無可奈何。

雖然發燒又凍傷，趴在烈背上的夜歌，有氣無力卻萬分得意的笑。

烈正在攀爬完全凍結，光滑無比的懸崖。現在他掌握部分妖化已經有心得了，所以能在連鳥獸都無法下爪的冰霜懸崖毫不費力的往上，手和腳的利爪可以像是切豆腐一樣深入永不融化的堅冰中，緩緩的往上爬。

大巫師的確很強，而且非常善用規則。

她花了些時間和材料在雪地畫下一個繁複無比的咒文陣，把這段時間收集來的迅捷精華放在陣中，要烈用正確讀書的方式，一次看清楚所有的精華。

然後又畫了一個更為繁複的咒文陣，所有的迅捷精華如流星般燦然發射，消失在北國的生物體內。

「每個人的靈魂顏色都獨一無二……就算永冬特殊的靈魂顏色基調是藍，但也有微小差異。」夜歌解釋給他聽，「占卜術的基礎，就是用真名和生辰去推算最接近的靈魂顏色，越厲害的誤差越小。知道靈魂顏色就能夠推論大致上的過去與未來。當然，更高階的就能夠精細到能定位。」

這是很基礎的占卜學，烈點了點頭。

「但是靈魂訊息，卻是可以拓印的，甚至近距離觀察。」疲憊的大巫師豎起食指笑咪咪，指著眼睛說，「這就是，靈魂之窗。只要經過這些!@#$%然後處理^&*就可得證運用這樣的咒文陣可以拓印靈魂訊息，產生相同的靈魂顏色。」

「像是現在的我，即使使用愛麗的軀體，但從眼中拓印出來的顏色，卻是『逢末・夜歌』而不是愛麗。這樣，比較能夠明白嗎？」

烈仔細消化了一下，「大致上明白。所以，迅捷精華是拓體，而我用眼睛看拓體，靈魂顏色就拓印在精華上？」

這孩子腦子還好使嘛，有前途。她心情大好的說，「對的，但不是迅捷精華可以當拓體……只是眼前只有這個取得最方便。所有精純而淬鍊過的結晶都可以……甚至可以連靈魂形體都拓印出來唷！不過現在只是混淆占卜者而已……就不用那麼精細了。只要突然大量出現相同的靈魂訊息，就夠讓他們過載到爆掉技藝一陣子了……」

只是夜歌亢奮的唧唧呱呱了半天，就發燒著倒下了。

一直，沒有好好休息過。這一路上，都在超過自己能力範圍的折騰。他突然有點生氣……更多的卻是氣自己。

為什麼沒有留意到，夜歌不是永冬人，很難忍耐這樣的寒冷。為什麼沒有阻止她施法，明明她的身體狀況已經非常糟糕了。

她必須要好好休養一陣子，不能繼續在風雪中奔波戰鬥。這雙手……都是凍瘡啊。

所以他們才會出現在這裡，搖搖欲墜的攀爬光滑冰冷的峭壁。

騎士團的夏季小屋就在峰頂。唯一的道路只有夏季才通暢……一旦下雪，就很容易雪崩，其他季節根本就難以上山，更不要說嚴酷的冬季。

夏季時，他們騎士團會上山訓練，訓練攀岩和狩獵，並且野外求生、修繕夏季小屋。永冬騎士團不是其他國家那種貴族禮儀隊，而是切切實實的嚴守騎士守則，不斷打磨砥礪的強悍軍團。

但再怎麼強悍的軍團，還是有終了的一天。在背棄騎士守則的那一天，永冬騎士團就殲滅了……被自己殲滅。

夜歌沒有聲音了，渾身滾燙。

「……快到了，忍耐一下。」他在僅容落腳處的冰岩上，將捆在自己身上的夜歌解下來，用披風裹住。想了想，還是，把上衣脫掉吧。

總是要考慮一下現實面。

抱著衣服和發燒的夜歌，他嚴守住理智，努力控制如脫韁野馬般的力量，發出恐怖又痛苦的咆哮，後背隆起扭曲，噴濺出血花，又被吸引回來成血翅，環繞火羽。

真是該死的痛。而且理智崩塌得非常快，他像是個無助的小孩，用雙手摀著即將潰堤的小洞。

猛然一搧翅，他飛越了看似遙不可及的峰頂，落地時又痛苦異常的勉強壓抑住幾乎潰堤的封印，堅忍的恢復了原狀。

氣。

痛極了。從肉體到靈魂，都被撕裂成碎片的疼痛。匍匐在地，他不斷的呼出白

「蠢翻了。」夜歌掙扎著要起身，「變形太多次會回不來喔……我不會輕易死掉的，幹嘛勉強自己？」

「夜歌，妳說這話好沒立場。」痛苦依舊，卻覺得輕鬆多了。「炸掉法師塔還昏倒的不知道是誰。」

「……哼。」

烈俯身抱起她，蹣跚的走入原木搭建的夏日小屋。

＊　＊　＊

治療疲勞最好的方法是休息和補充足夠的營養。

雖然是萬物寂籟的北地寒冬，但烈實在太熟悉這個夏日集訓地了。而且這個峰頂有地熱暖泉，動植物比別人想像的還豐富，大大解決食物的問題。

雖然夜歌依舊蒼白憔悴，但精神已經好多了。甚至還大吵大鬧的要去泡暖

泉……可見她恢復得差不多了。

「……是有另外開鑿的浴池沒錯……但那是露天的。」烈搔了搔頭，「附近不安全……有狼和熊喔。」

「我畫咒文陣去泡！」夜歌握拳。

「……咒文陣是嗎？」烈皺了眉，「我帶妳去看看好了。」

結果那個「浴池」，起碼有五十公尺長寬，足以游泳。要涵蓋這個不規則形狀的「浴池」該畫多大的咒文陣啊……

「你在這兒洗澡？」夜歌問得沒頭沒腦，烈楞了一會兒才點頭。

「反正熱氣蒸騰，對面不見人。」夜歌豪氣萬丈的說，「一起洗澡一起回家！」

向來冷靜的烈，臉孔瞬間漲得通紅，「不、不太好。」

「有什麼不好？與其很麻煩的等你洗完再讓你等我洗完，不如一起作業比較快……哦，我懂了。你不要把我當女生，只要把我想成腦子攤平可以覆蓋整個大陸的怪物，就會覺得恐怖而沒有其他情緒了。」

……他並不想想像腦子攤平覆蓋大陸的模樣。但烈自棄的嘆口氣，快步往浴池另一端走去……因為夜歌開始脫衣服了。

後來就習慣了。而且暖泉對夜歌似乎有很好的療效，原本憔悴的她，漸漸血色豐盈，比充足的食物或藥物都來得有效。

而且透過蒸騰的熱氣，夜歌會放開心防。

所以他的疑惑，也得到真正的解答了。

「夜歌，妳為什麼不徹底統合愛麗的軀體？」他問。

煙霧那頭的夜歌安靜了好一會兒，「哪有，只是……」

「妳的法術強度都差不多……不可能一直都沒有進步。」

夜歌嘆氣，「我該覺得高興還是覺得煩惱呢？小鬼，你比我想像的還聰明……是的，我只統合了一部分，沒有徹底統合……真的徹底統合，這個身體就變成我的，找回愛麗的時候，她就進不來了。」

「活著，不好嗎？」

夜歌立刻打斷他，「喂，別說下去了。你是要讓我自豪的傢伙，不要深入不該想的念頭。我沒有忘記初衷，你也不要忘記自己的核心——捍衛規則。雖然我覺得還滿笨拙的，但這樣笨拙的認真，讓我很欣賞，要讓我自豪啊，孩子。」

仰望著繁星點點的天空，夜歌深深吸了一口乾淨的空氣，「或許我的初衷也沒有很偉大……就只是，唔，或許除了恩情，我在很年輕的時候，也想成為愛麗這樣可愛的女孩子。

你看過我的畫像吧？但我展現魔法天賦的童年，就是那麼俗豔喔。老是吸引怪叔叔……要不是我比他們聰明多了，還不知道後果會怎麼樣呢……那時候還小，看著別的可愛女生會很羨慕。若是像她們那樣，大人只會覺得好可愛，而不會起奇怪的念頭。」

夜歌安靜了一會兒，「嘖，我跟你說這幹嘛，神經。」

「我想聽。」烈靜靜的說。

啞然一會兒，夜歌把自己浸入池水深一點，悶悶的說，「有什麼好聽的……總之，長得普通可愛，擁有正常人類平凡的一生應該很棒。年輕的時候，我也會這麼想。」

「後來？」

「後來我就發現距離產生美感……根本不適合我。我還沒當上大巫師，開始任職的時候，有個感覺不錯的神官，靦腆的約我吃飯。是啦，一開始好高興……但接下來就很不高興。看一本書就看一次時鐘，然後要選擇衣服和髮型，我的作息都被打亂了。

甚至約會也沒有我想像中那麼美好……即使是神官，也是腦袋空白如雪洞的人類，我當然可以跟他有話題，但是他淺薄的令人難以忍受……不，應該是所有人類都是這樣淺薄或更淺薄。

而他的肢體語言和暗示，只是想跟我上床而已。但跟這樣乏味的人上床、甚至相守一生，生兒育女……這種平凡人的幸福，對我卻是可怕的砒霜。

一個人，是不可能什麼都有的。我擁抱知識，追求真理和黑暗，已經太多了，佔滿我所有的時間和注意力。而人類的幸福，卻包含許多絕對不可推卸的責任。那些責任我真的無能為力。仔細思考後，我的確過了非常充實愉快的一生……只是看到愛麗這麼可愛善良的女孩子，就會想起……少年時模糊朦朧的憧憬，想對她們好一點。」

沉默降臨。好一會兒烈才開口，「我有一點點了解吧……」雖然不是了解的那麼透澈。但他知道龐大而不祥的宿命後，就將自己的表情和情感冰凍起來，可能成為怪物，就不該耽誤任何人的未來。

他跟大巫師還是有一點相像的……明白責任的重擔，和如何取捨。

只是，想到夜歌有一天將不存在於這個世界……實在有一點……寂寞。但是沒辦法，他會面對命運，也得面對現實。

「夜歌，妳教過梵離如何拓印靈魂顏色嗎？」烈冷靜的問，「我記得妳說過，這是妳獨創的。」

嘩啦一聲，夜歌從水中站了起來。

雖然熱氣很朦朧，但也看得到基礎曲線啊……烈將臉一別。臉孔紅得要滴血。

「……會感冒的。」烈勉強擠出一句話。

震驚過度的夜歌坐了下來，「是了，對的！這就是所謂的燈下黑吧……真相果然就藏在最容易忽視、觸手可及的地方！我在晚年發現了靈魂之窗理論並且實踐，唯一學會並且知曉的只有梵離那混小子！他一定見過愛麗的魂魄而且拓印下來，才能在克麥隆把我唬過去！天啊這麼簡單的推論居然讓我完全忽略了……」

……妳死掉的時候才二十八歲，哪來的晚年啊？

「別泡太久，會暈的。」烈起身擦乾身體，穿上衣服。將臉別開，等著夜歌起身穿衣。光聽聲音就可以判斷她穿好沒有……真的太習慣她了。

依舊自言自語不斷推斷的大巫師，果然衣服穿得亂七八糟，他不得不幫她整理儀容，替她披上披風。

「……不可能在亞爾奎特廢墟。若是愛麗的魂魄在他手上，他一定會耍弄給我看，不可能忍住瞞著我……他就是這種爛個性，盡其所能的打擊我……」

「沒錯。」烈點頭，輕輕扶著夜歌的後背，「妳要自己走還是我背妳？」

「自己。」夜歌漫不經心的回答，抱著烈的手臂省得打滑，「我怎麼就沒注意到這個漏洞，還在傻傻的打轉……」

「逼問他大概也不會告訴我們的……小心腳下。」

「但我知道他的真名和生辰，也知道愛麗的真名和生辰。一切都有跡可尋。」

她的眼睛亮了起來。

是啊，大巫師一定會朝向她的目標，堅定的前進。

回到木屋，烈幫她擦乾頭髮，溫和的說，「不過，妳希望愛麗承受的是這樣病弱的身體嗎？耗損健康去勉強占卜……這違背妳的初衷，不是嗎？」

夜歌停止了碎碎念，皺起眉來深思。

果然，要說服她就要用理智的理由。漸漸的，也能明白傲慢自大任性的大巫師呢。

「他們都不會跑掉……不管是愛麗或梵離。姑且休養一個冬天吧……如何？」

夜歌很不情願的點頭，「既然你都這麼要求了，我就勉為其難的答應了吧。」

* * *

大巫師倒是出乎意料之外的能幹。一開始有點笨拙，之後居然能夠敏捷迅速的打理家務，煮的菜也驚人的美味。

「我可是看過成千上萬的食譜和家務類的書籍。」夜歌洋洋得意，「需要一點時間學著怎麼實踐而已。光只會背書不會實踐不算追求知識……那只是書呆子。」

「妳不用那麼辛苦，其實我……」

「永冬皇子可以做，大巫師不行？」夜歌嗤之以鼻，「呿，你真以為我是四肢不勤、五穀不分的法師塔笨蛋？只是以前沒有必要，現在有必要……我才不要像個廢物一樣坐著等人養。」

……或許休養不是躺著不動，適度的運動也是必要的。

後來有冬陽的天氣，外出打獵的時候，會把夜歌帶著。只是有時會哭笑不得……她會用火球術攻擊獵物，最後只剩下一堆焦炭，完全不能吃。

但她對草藥學也深有研究，每種藥效都琅琅上口，還會指點他這個魔劍士怎麼製作療傷藥和毒藥。

有回他上樹摘取可以泡茶的嫩芽，她驚喜的喊，「是帕納迦！拉我一把！烈，我要採一根樹枝回去製作法杖……」

她說，有帕納迦寄生的樹木，是做法杖最好的材料。但是把她背上樹，她費了好大工夫才砍下一枝樹枝，卻呆呆的坐在橫幹上，望著一碧如洗的長空，燦爛溫暖的冬陽遍撒。

「烈，現在我才發現……這整個世界，就是一本很大很大的書。」她深深吸了口寒冷的空氣，閉著眼睛，「內容好豐富、完整……好棒的鉅作。」

是嗎？

烈坐在她身邊，學她看看晴空，深吸一口氣，閉上眼。

啊，花香、草香，寒冷又有點暖意的風。就算不用視覺，也能感受到整個世界的脈動。冬陽珍貴的溫暖，和心臟規律的跳動。

既嚴酷又溫柔，既殘缺又完整，既醜惡又美麗的，世界。過去、現在、未來。邂逅和分離、重逢與永別。

真是非常感人的……鉅作。

他再睜開眼睛時，驚愕的發現自己淚流滿面。他覺得很尷尬，但是夜歌卻沒有嘲笑他，遞給他一塊微溼的手帕，看她的眼眶，也有點紅。

「我啊，看了一輩子的書，卻沒抬頭看看真正的鉅作。實在，有那麼一點遺憾呢。」夜歌的聲音清朗，「但是啊，我又覺得很慶幸。我若是沒有注意到這件事情，徹底錯過了，那才是……最不可原諒的遺憾。」

「我們看到的只有一小角。」烈把手帕遞回，「其實我到過的地方更多……但去越多的地方，越覺得世界越大，了解的越少。」

沉默了一會兒，烈指著天際邊的一個小點，「那是，永冬王都，永冬城。」啞口片刻，他不知道怎麼說下去。大巫師怎麼會對這種瑣碎的小事有興趣。

「我在聽。」夜歌表情超嚴肅的，抱著一截還沒去枝葉的樹枝。很像是……春之神殿的神官。

「我……我前面有兩個哥哥。但其實，我跟家人不熟。我從小就被送去騎士團接受嚴格訓練，等於是在騎士團長大的。只有王族必須出席的祭典，我才會回去……父王和王國魔法師每個月會來探望我一次。

我真正的家，其實是永冬城西的騎士團。」

母后看他的眼神總是充滿恐懼，連妹妹都不讓他抱。當時他覺得很受傷……直到他知道真相。

但不要緊，他還有騎士團的師傅和兄弟們。

「本來，我只是害怕失控傷害他們……所以逃跑。後來……」他欲言又止，「……總之，現在不怪他們了。騎士團的兄弟其實沒有離開國家過，戰爭只是傳說和幻想中的榮耀。以前我也跟他們差不多……只是我相信騎士守則而已。

但夜歌，我流浪的途中，看過真正的戰爭。那真是……」屍體、血、怒吼，殺戮的狂氣。

「我不知道該怎麼說明……」哭聲震天的寡婦，死掉的小孩。

「那根本就沒有什麼榮耀，只有污穢和瘋狂……」人性完全泯滅，屠殺和暴行。徹底失序、徹底歪曲。

「黑暗不是邪惡，戰爭才是。」烈緊緊的握著拳，直到指甲陷入手心，「夜歌，我請求妳一件事情。」

「你說吧。」

「若我落到父王的手裡，失去理智，成為戰爭的工具，請殺了我。若是，我面對自己的宿命，卻實現了不祥，也請殺了我。」

夜歌用令人毛骨悚然的專注看著烈，而他毫不遲疑，非常堅定的回視。

這是什麼請求啊……頭一件事情還好辦，第二件事情……除非愛麗重生。愛麗重生她就恢復靈魂狀態啦。修補愛麗瀕死的身體，已經耗了很多魂力，破壞自己的骨匣碎片，她的靈魂更受到重創。

除了入輪迴別無他法了……抗拒輪迴她的靈體會損失到什麼程度，誰也不知道。

但這孩子並不了解這些知識。只是非常信賴，而且堅定的把性命交到她手上。她對這種人最沒有辦法了。

沒親自抵抗過輪迴……說不定會很有趣。

「你算術是不是很差勁啊？」夜歌睥睨的看他，「這是兩件事情，不是一件。騎士團的算學老師一定哭死。」

「抱、抱歉。」

「要讓我自豪啊，抵抗到最後一秒。」夜歌非常有魄力的笑，「不然我會親自執行死刑！」

真是……又出現這種表情。違和感太重了這。但烈淡淡的笑了。

「……遵命，大巫師閣下。」

抱著納帕迦寄生的樹枝，夜歌沉思許久。等她開始削製的時候，全神貫注，在冥想和真實的隙縫中，理解每一絲真理與黑暗所彰顯的紋路、力流，創造出一把連她生前都沒辦到的，最優秀的法杖。

也在這種創造過程中，她回憶起小半的法師知識和咒文，終於從黑暗術士的領域，跨足到真理法師的領域，而不是只會玩些小把戲而已。

甚至她對世界的領悟也融合其中，略窺了自然。

這把法杖跟她差不多高，杖頂還留有一些翠綠的枝葉，卻永不凋零。纏繞著代表緘默黑暗的藤，杖身卻是堅實真理的樹枝。

有了這把法杖，將可以大量減輕軀體的負擔，若還有時間畫咒文陣，軀體就只是力流的媒介，幾乎不會有什麼耗損。

果然知識是永無止盡的。她的選擇實在太正確。雖然覺得精神很疲憊，內在掏空，還是覺得愉快。

即使取回大巫師巔峰時期的能力不到十分之一，但短短半年不到，能夠恢復到這種程度，還超越過去領悟的製作出這把法杖，已經足以自豪了。

……只是又睏又餓又累，連時間感都模糊了。她是坐著不動幾天了啊？但是爐子上居然有熱騰騰的蔬菜牛肉湯，她顧不得燙嘴喝了兩碗，飢餓感才緩和下來。

烈去哪了？

她納悶的走出大門，看到烈頎長的身影站在風雪中，鬥氣幾乎實質化，劍身環繞著劈哩啪啦的雷與火。一個冬天沒剪頭髮，他的頭髮長很多，烏黑如綢緞般直到後背。

好像，也長高了呢。

看來，她在竭盡心力製作法杖的時候，烈也不是什麼也沒做嘛。挺聰明的……的確，引導力量最好的方法不是鹵莽的拿軀體和生命去拚，而是透過媒介。能夠控制到這種地步……一定花了很多苦心和鍛鍊。

他正面對風雪，用環繞雷與火的劍，發出鋒銳的劍氣，劈開狂暴的霜雪，沒讓任何一片雪花掉到廣場上。

說不定會變成獨一無二的魔劍士呢。真令人期待啊。

收劍，凝然。像是驚覺了身後的動靜，回頭看。破舊的軍裝卻讓他的俊美更突出，眼神還帶著戰鬥餘韻的鋒利，映著微弱的冬陽。先是驚愕，然後沉穩的微微一笑。

夜歌的臉不知道為什麼泛紅，心臟強烈的咚了一聲。

哇靠！我在幹嘛我？一定是愛麗的某種激素過度增生對吧?!清醒過來！蠢到不行啊！

她非常果決的拿額頭朝門框撞下去，發出更大的一聲咚。

「夜歌！妳在幹嘛？」烈衝過來扶住她，卻被她不怎麼自然的甩開。

「……」烈皺眉，不解的望著她。

含糊了一會兒，夜歌按著胸口，「愛麗好像有心臟病。」

「……下山吧，需要找個醫生或神官看看。」烈伸手給她。

我不知道要怎麼解釋這麼愚蠢白癡的感覺啊他媽的！這比大巫師試煉更困難一百倍。想當初那群馬雅學院的混帳老頭讓她九死一生才心不甘情不願的承認大巫師資格現在我卻覺得比取得資格還難……

深呼吸、深呼吸……愛麗是個十四歲的少女嘛哈哈哈，正是繁衍激素開始萌發的時候，所以才會有這麼激烈（而且愚蠢）的反應，只是她這個倒楣的代班必須承受而已。

她伸手給烈，「用不著啦。只是心室有一點點小小的缺口，偶有心悸、臉孔潮紅等等反應。我可是看了成千上萬本的醫書，相信我準沒錯！」

真的嗎？應該吧。大巫師的臉會這麼紅……或許是真的身體不舒服吧。

「妳應該是太累了。不吃不喝三天呢……」烈扶她到餐桌坐好，「我盛湯給妳喝。」

其實我吃過了……但夜歌沒能說出口，悶悶的有一口沒一口的喝湯，烈取了藥膏小心的幫她揉開額頭的腫包。

但展示她的法杖時，夜歌馬上把尷尬和煩惱扔到九霄雲外，興奮而聒噪的解釋她的法杖，非常驕傲。

「我知道。看妳做到一半……我就領悟到了。」烈微笑，「以前我不曾仔細探詢自己的宿命和力量，其實妖化不是最好的使用方式……應該要透過媒介。」他苦笑的抽劍給她看，「可是我的劍承受不了太大的力量。」

那柄劍已經有點坑坑巴巴，還有燒融腐蝕的部分了。

夜歌思索，「……我應該知道怎麼造劍，而且是附魔百煉鋼。但最少要有個鐵匠坊，一切從頭開始缺乏很多建材……」

「快春天了。山路勉強能行。」烈靜靜的說，「到時候我們下山吧。山下有個小村子，雖然很小，但春之神殿就在那兒……每年春之祭是非常熱鬧的。」

「不會被認出來嗎？」

烈有點尷尬，「……其實我從來沒去過。都是聽下山偷跑去酒館的學長說的。」

「所以你從小就是個小老頭兒嘛，規規矩矩的小老頭。」

無、無可反駁。

夜歌喝完湯，唧唧呱呱連帶自言自語了半天，自覺把那種愚蠢激素全部敉平，心滿意足的上床睡覺，一沾枕頭，疲勞過度的她立刻睡到打貓咪呼嚕。

烈卻坐在她床頭的椅子上看了她很久。

什麼心室缺口，騙人。後來他才醒悟過來，那種表情他很熟啊……通常有那種表情的女孩子會跟他告白，而不是拿頭去撞門框。

以前那種表情，都會讓他覺得很困擾。但這次……卻有點小小的喜悅。

但是，還是維護一下大巫師嬌嫩的面子吧。

爐火帕啦，夜歌毫無形象可言的大打貓咪呼嚕、說夢話。烈卻靜靜的看著她，覺得這一個平凡無奇的夜晚，是他一生當中，最美好的回憶。

*　*　*

「這叫做，勉強能行？」夜歌黑著臉問。

「嗯。」烈背著她狂奔。

「第四次！第四次的雪崩！這叫做勉強能行？那不能行是什麼樣子啊啊啊～」

「哈哈。」在永冬長大的烈完全不在意，「規模很小的雪崩，死人的機率只有一半啊。」

你說後面那個千軍萬馬氣勢的玩意兒叫做規模很小的雪崩?!

夜歌覺得很疲倦。精神上非常疲倦。一直被天崩地裂的霜雪在後面追，精神壓力是很大的。

雖然被烈背著跑，好幾次崩雪撲到她背上，完完全全命懸一線。好不容易逃離了要命的山區，還走了一段路才遠遠看到村莊。

「……應該，就是這裡。」烈把她放下來，「嗯，比我想像中的大呢。」

哇，就一個村莊來說，的確不小。或許是春之神殿就在附近的關係，簡直有個迷你小鎮的規模，麻雀雖小，五臟俱全，什麼商店都有，廣場地攤林立。

但是村民的目光很不友善。在背後竊竊私語。

「氣氛很奇怪。」夜歌戒備起來，緊緊抓著法杖。

「……嗯。但還是先試試看吧。」烈調整了一下配劍的位置，帶著夜歌往鐵匠鋪前進。

但他們沒能進去，而是一個高大魁梧得像是巨人的男人堵在門口，居高臨下的問，「小子，要什麼?」

什麼叫做胳臂可以跑馬，真的是見識到了。

「我想求見鐵匠鋪老闆。」

「我就是。」魁梧得不像話的男子回答，聲音就比打雷小一點點而已。

遲疑了一下，烈簡單說明了一下他的要求，結果老闆安靜了一下，隆隆雷響，「什麼？你想來鐵匠鋪打工?!為什麼？」

「我想打造自己的劍。所以……」烈想解釋，卻被老闆打斷。

「看你的配劍……你是冒險者吧？冒險者不是去偷或搶神兵利器嗎？打造自己武器？你開玩笑嗎?!」

大概是鐵匠鋪老闆的嗓音太大，附近的村民漸漸圍攏，竊竊私語也清晰可聞。

「什麼冒險者，還自稱什麼勇者哩……以前還偷了我家的雞！」

「就是，我奶奶的拐杖也被偷過。」

「進門就翻箱倒櫃，跟強盜一樣……」

「一直問一直問，煩死了，不會去看村公所的布告喔，勇者個屁……」

冒險者的名聲好像很差的樣子。夜歌悚然以驚。看了看自己的法杖，馬上就有了決定。

「不，我不是開玩笑。」烈正色，「我知道有些冒險者名聲很差，但並不是我。我是魔劍士，但我還是想要打工賺取旅費，並且學習如何打一把自己的劍。春之祭將近，應該很缺人手吧？我會盡力而為的，拜託了。」

瞬間安靜了下來，所有的村民連帶鐵匠鋪老闆都瞪著這兩個人，把他們看得毛骨悚然。

「哈哈哈哈哈！」鐵匠鋪老闆大笑，「喂，有個正直的冒險者來啦！不錯不錯，還知道要滴下汗水賺取旅費，打造自己的劍！」他用力一拍烈的肩膀，差點讓他垮了肩，「不錯不錯，我就雇用你吧！」

胳臂可以跑馬的老闆氣勢十足的折了折骨節，「但當個鐵匠可不是溜達著玩那麼輕鬆喔，小子。要有死一萬次的覺悟喔！」

烈很嚴肅的回答，「是。」

「那這個小姑娘……」老闆上下打量夜歌，她心底一緊，非常沒有義氣的故作柔弱，「我不是冒險者……」看到老闆打量她的法杖，心一橫，「我不習慣永冬的天氣，所以有點凍傷，沒有拐杖就……但我識字懂算，也會作家務，請您也雇用我吧。」

……這個大巫師撇清得真快啊！烈無言的望著夜歌。

「等等，妳識字？會寫嗎？」分眾而來的是個氣色灰敗的神官……服飾看起來像，「這一定是春神的旨意，鐵乩不要跟我搶人，你那破鋪子用不著帳房……」

「神官大人，你有那麼欠人嗎？」鐵匠鋪老闆又打量他們倆，「你們倆又是……什麼關係？」

糟了。他們一起旅行的太自然，完全沒想到要怎麼捏造。說兄妹？別傻了，永冬人和大陸其他地方的人不太相同，輪廓立體，一眼就瞧出不同。烈黑髮黑眼，愛麗的頭髮是亞麻色的，琥珀瞳孔，怎麼也扯不到一起啊！

烈微微的笑了笑，按著夜歌的雙肩，非常嚴肅的說，「她是我命定的人。」

「喔喔喔喔喔～」「嘩～」「愛的宣言！」「私奔吧？一定是私奔的，啊啊～」

「喔呵呵，你小子強啊。」鐵匠鋪老闆頂了頂烈，笑得一整個燦爛豪爽，

「就雇用你吧……樓上閣樓空著，你跟你老婆就住在那吧……哎呀，這就是青春啊……」

「不……」夜歌想抗辯，卻被神官拖走，「沒事沒事，老鐵刮聲音響而已，不會對你老公怎麼樣……真好呢，這麼年輕的夫妻，還是私奔的。春神一定會祝福你們橫越一切困難的真愛！我忙春之祭的準備工作都想死了，圖書館的繕抄工作又找不到人代班……很簡單的，抄抄寫寫而已……」

……我不怕抄抄寫寫，但我怕這種嚴重不實的謠言啊!!

大巫師一定氣炸了。拉鼓風爐開始學著當鐵匠學徒的烈默默的想。哈哈，晚上一定會很慘……不知道要怎麼撲滅她的怒火。

不過，誰讓她撇得那麼清。而且，他不想說謊呀。

他忍不住笑出來。大巫師極度氣急敗壞的表情，實在非常好笑。

果然，惹怒大巫師不是什麼好事。

在外人面前還可以露出虛偽的甜笑，一回到暫居的閣樓，就鬥氣滿點的……跳起來用膝擊攻擊烈的臉。

哈哈，果然不該教她體術嗎？只是想讓她身體強健點的體術，結果應該是柔弱法系的夜歌學得又快又好，果然是能將知識徹底實踐的大巫師。

烈躲了過去，但是擊中了閣樓的雜物，發出劈哩啪啦的巨響。

「喂～」樓下的老闆和夥計不知道真相，大笑著喊，「我們還沒走欸！不要太熱情，年輕人要有節制……」

「是……」正和使出十字斬的大巫師交手的烈，苦笑著回應。

「青春真好啊！」「嘖嘖，才半天沒見就這麼熱情……」「年輕嘛，體力好……我年輕的時候……」

傷腦筋，不能太認真應對，也不能不認真應對。才學半個冬天就這麼身手敏捷……夜歌說不定還可以再跨個領域當魔劍士……幸好沒教她用劍。

本來不想用這招的。

「夜歌，愛麗的確是命定為我解封的人。」烈隔擋住她凌厲的攻勢，「初見面時，這是妳說的。」

夜歌號，擊沉。

嗚喔，超級複雜的表情，惱羞成怒又無可發洩。她憤怒的大叫，「啊啊啊啊啊！」氣得要命，卻毫無辦法。

……明天一定會被傳得更離譜。

一面收拾滿地亂滾的雜物，烈一面解釋，「我不想說謊，只好說個別人能接受的事實。」

「哼！」

糟糕，還是非常生氣。「附近旅店的老闆娘送了我們一份晚餐，現在吃好嗎？」

「哼哼！」

還是只能這樣了。

「麥穗村的圖書館，大不大？書多嗎？」他把食物擺在臨時架起來的木板桌上，擺上軟墊。

「不大，書更少。不過啊，你知道嗎？永冬的神話真是多采多姿，我懷疑這是從遠古就保存下來的啊。只是書籍真的很老舊了，不趕緊謄抄，有許多已經字跡模糊、翻頁困難了！到底是在幹嘛啊，我以為麥穗村會有馬雅學院的低階法師駐村……居然沒有！春之神殿那麼大的地方……只有兩個神官！而且一個老到不行，另一個前年才來，連圖書館員都沒有，是神官兼任的！永冬為什麼這麼不注重自家珍貴的文化遺產……」

果然只能用理性和知識來撲滅她的怒火。

「但麥穗村的人類很不錯。」夜歌露出難得溫柔的笑容，「國家不重視，他們卻自主自發的珍惜。雖然是個很小的圖書館，還是很慎重的維護……牧人或農夫，都會來借書，小心翼翼的對待書籍……雖然是淺薄的人類，但也是很努力想脫離淺薄……而不是為了什麼名利，只是單純的，喜歡知識的味道……」

從來沒見過這麼溫柔的夜歌，像是個小孩子似的，驚喜的告訴他，同班同學很笨但很可愛，可愛在什麼地方。

這個時候，他突然想起梵離，有點兒明白……梵離的心情。

一直這樣下去，多好。

但這是想都不該想的事情。他終究不是梵離。

「旅店老闆娘答應讓我們用他們的公共浴室。」烈微笑。

「真的嗎？我煩惱整天了，不知道洗澡問題怎麼解決呢！」

「鐵匠鋪老闆娘借我幾套衣服，雖然是舊的……將就穿吧。」他忍不住摸了摸夜歌的頭，「等我領工資的時候……再買新的給你。」

「幹什麼？」夜歌昂首瞪視，「小鬼，大巫師的頭是你可以摸的嗎？我也會有工資啦，雖然少得可憐。但買套衣服是沒有問題的。衣服只要能保暖沒有破洞就好，買什麼新衣服？不如存起來看能不能買到好一點兒的礦石，把你的劍打好！」

嘖，不喜歡新衣服的女人。真不知道該說什麼。

但是並肩去旅店借公共浴室時，任性傲慢自大的大巫師，卻偽裝得非常柔弱楚楚可憐，完全非常融入「圖書館員（暫時）少女夜歌」的角色。

若不是認識她有段時間了，烈覺得自己也會被騙得死死的。

*　　*　　*

麥穗村在永冬算是政治偏遠地帶，這裡沒有製造刀槍的豐富礦藏，收成僅供自足，春之神殿又和王室主祀的冰霜神殿隱隱對立，軍事國家的永冬很不重視這個地區，來自麥穗村的士兵（永冬採兵役制，全國皆兵）都會被嘲笑是鄉巴佬。

當然，比起永冬其他地區，麥穗村的村民的確是溫和許多……但依舊擁有永冬人那種非常剽悍的個性。

這種剽悍，也讓他們非常排斥那些自名為勇者的冒險者。

那些隨便進人家家裡翻箱倒櫃，偷雞摸鴨，順手牽羊（或牽牛），任務卻往往拿椰子殼（幻化為歹徒或魔物，反正是任務目標頭顱）欺騙布告員的冒險者，雖然因為大陸傳統，別國可能默默忍耐，但永冬人卻沒那麼好的脾氣。

所以配著劍的烈和拿著疑似法杖的夜歌，才會在入村時被如此敵視。

但是烈放下冒險者莫名其妙的高身段，謙虛誠懇的來求打工，而且非常認真……很愛八卦的村民開始閒聊起這對為愛私奔的小夫妻，而且很高興有誠實的冒險者來到村子裡。

可認真的烈那麼沉默，又冷漠得有點難以接近。而圖書館那個抄書又快又正確的小姑娘，被神官視為珍寶，嚴禁任何人打擾……再說看她那樣楚楚可憐，欲言又止的模樣，也不好意思去逼問。

既然沒有第一手資料，只好自己發揮偵探般的探索和創造（？）力了！

「小姑娘會通用象形文字欸！」農閒之餘，村民聚在一起交換情報，「超難的那一種！而且還會永冬文字（字母），還會更難的古精靈文字！」

「哦哦哦！那說不定會是……知識神殿的神官！」

「年紀太小了啦……應該是預備神官！」

「哦哦哦哦！」

「我告訴你們喔，那個小夥子，還真的是魔劍士欸！前天不是有幾個冒險者流氓跑來吃飯不付錢嗎？他只用一根木棍發出劍氣就把他們打跑光了！」

「哦哦哦哦哦！」

「我懂了！」一個村民以拳擊掌，「一定是流浪的魔劍士遇到知識神殿的預備神官，一見鍾情……但是遭到知識神殿的反對！我聽說有些神殿的神官是不能結婚的！」

「天啊，太沒有人性了！」「就是說啊，怎麼可以這樣……」

「所以他們私奔到永冬啊，歷經千辛萬苦、千山萬水，九死一生的逃避邪惡神殿的追殺！最後身心俱疲的他們終於在麥穗村找到幸福……」

「沒錯，這樣就說得通了！」「太浪漫了！」「真愛無敵啊……」

你們，為什麼要在圖書館，和苦主之一的附近，這麼大聲的自編自導那些根本沒有的事情還這麼高興？

臉色鐵青的夜歌，啪的一聲，單手折斷了手中的鋼筆。

「烈！快想想辦法！」終於忍受不了的夜歌吼，「快否認這種子虛烏有的關係！」

當天晚上，烈看著憤怒的大巫師，深思起來，「永冬其實還滿傳統的……未婚男女是不能同房的。妳也知道，我們的處境實在……需要互相支援。或者妳有什麼建議？」

聰明智慧的大巫師努力思考……

夜歌號，再次擊沉。

因為她敗在合理的邏輯性下。

嗚喔，大巫師的表情真是變化多端，你永遠不知道會看到怎樣的表情。

等欣賞夠了，烈才慢吞吞的說，「其實，以前我就一直想問……為什麼妳這麼介意愛情小說的情節呢？」

「因為蠢。」夜歌已經無力到懶得說話了。

「會嗎？或許有點兒……」烈翻著一本書，「是有點不合理。」

夜歌盯著烈手上那本書，眼睛瞪大，一把搶下來，手不斷發抖。這是部非常經典的古典愛情小說《蓮華王》[2]，毒素之高，可以秒殺整個小鎮（的心靈）。

「你為什麼要看這種東西！」夜歌慘叫，「快燒掉！快快快！」

「不行喔。」烈趕緊搶回來，「這是老闆借我的。他很愛看這類小說……有一大堆呢。」

……你說那個胳臂可以跑馬的鐵匠鋪老闆？世界要毀滅了嗎？因為這麼愚蠢的

毒素滅亡？

「洗腦的法術我沒有完全記起來啊……」夜歌哀叫，「我們去找神官洗滌你的心靈好了……」

「神官來跟老闆借過書呢。」

果然一切都完蛋了。從神官到硬漢，都被這種毒素污染了！

烈拚命忍笑，「妳為什麼看得這麼嚴重啊？不過是小說呀。」

「因為跟真實差了十萬八千里！」夜歌痛心疾首，「這種書看多了就只會愛愛愛啦，好像沒有愛情就會死，真愛還可以拯救世界勒……屁啦！我嚴重懷疑梵離就是看了太多這種毒品才會那麼神經……而且情節都差不多你不覺得嗎？這世界還有很多值得追求的，這不是唯一目標啊！而且大部分的女主角都愛哭又笨……看多了會智障啊！」

2：蓮華王：蝴蝶早年未出版的小說，寫於二〇〇〇年。蓮華王的故事背景設定和本篇相同。

一口氣說太多話，夜歌累得直喘氣。

烈溫和的看著她，「或許吧。但是夜歌，不是每個人都跟妳一樣毫無迷惘的往前行，也不像妳這麼聰明，想得通透。大部分的人都過著平凡的生活……有的時候會覺得累，想要喘口氣，逃避一下。」掂了掂手裡的書，「大部分的人，能碰觸到最有可能發生的神奇，就是愛情呀。所以……」

他微微一笑，破開情緒和面容的冰霜，和煦而溫柔，「稍微體諒他們吧，嗯？沒有什麼人事物，是毫無價值的。」

啞口片刻，其實她應該可以提出很多例證來反駁，但最後還是沒有說。

或許是烈的表情讓她像是直面了冬陽，觸及他冰凍情感和表情之下的溫柔和悲憫吧。

嘖。她將臉別開，「……學得怎麼樣？你的劍？」

這話題轉得真硬啊。但烈沒有戳破她，平靜的說，「嘗試著打鐮刀了。妳的建議真的很實用。」

「只是書面資料而已，沒什麼。還是要實踐才知道。但我沒打造過刀劍，只能背書給你聽而已。」

那天夜歌意外的沉默，撿起烈跟老闆借的另一本愛情小說，皺緊眉頭的看。

其實她根本沒在看，只是沉思。

熄燈睡下後，他們倆都是打地鋪，各有各的鋪蓋和棉被。黑暗中，背著烈的夜歌悶悶的問，「那個……我是個自以為是的討厭鬼，對吧？」

「不會真的有人討厭妳的。」烈閉著眼睛回答。

「我覺得所有的人都是笨蛋，而且從來沒站在別人的立場思考。」

「雖然覺得所有人都是笨蛋，對笨蛋也很不耐煩……但又對笨蛋很溫柔。」烈繼續閉著眼。

「什、什麼嘛？溫柔什麼的，噁心！喂，烈，把這句話收回去！」

烈在黑暗中無聲的笑，還是閉著眼睛，「我睡著了。」

結果大巫師自言自語發怒半天，又聲音模糊的漸漸睡著了。

聰明智慧的大巫師，其實也挺幼稚的嘛。不過……一點缺點都沒有，光明體貼、溫柔善良，那樣的大巫師，他可一點都不喜歡。

那是神明，不是人類。

就是要這樣傲慢自大任性，狂熱的注視著目標，毫無迷惘的往前行，什麼都不能阻止。但會敗給理性和邏輯，因為笨蛋困擾煩惱，很不耐煩的去做些打擾看書的「簡單任務」……這才是充滿人性光輝的逄末．夜歌。

將來會很想她的。真的會很想她。

*　*　*

大概是被說多了也麻痺了吧。

夜歌現在把那些太大聲的偵探兼編劇們都當白噪音，把心思轉到其他地方。說來是意外的巧合……或者一切都有其因緣。

他們只是因為偶然落腳的麥穗村，卻也在她狀況調整到最好時占卜……發現梵離和愛麗的交集就在麥穗村不遠處。

她特別和烈一起請假去尋找……結果不知道該高興還是不高興。

地點很近，就在離麥穗村半里處，目標也很顯著……就在翠綠森林中的春之神殿。

「就是這裡？」烈看著淺褐岩石建築的春之神殿，雖然比不上王族祭祀的冰霜神殿那麼雄偉，但普遍為平民百姓所信奉的慈愛春神殿堂，佔地也不小，幾乎有三分之一麥穗村那麼大。

「就是這裡……愛麗的靈魂顏色……」夜歌的聲音卻很疲倦，「我想過她是自然之子……沒想到她更純粹一點兒，是春神之子……」

「那她在這兒？」烈四下張望。

「是啊。」夜歌很悲憤，「就在這個樹林和整個春之神殿！完完全全都是她的靈魂顏色！現在又是春天！顏色被覆蓋得我找不到正確位置啦！」

烈啞然，很想安慰她，又不知道怎麼安慰起。這麼大的範圍……要找一個小小的沉睡的魂魄……那還真不是簡單的事情。

「……節哀順變。」烈還是盡力了。

「夠了！」

最後夜歌不得不承認，不節哀也沒有其他辦法。

反正春天終究會過去，漸漸褪去鮮嫩，交給濃豔短暫的夏季，然後在秋天漸漸沉眠。

到那時，不會隨季節轉換顏色的愛麗，就容易顯現出來了。

但她還是養成習慣，每天下工後，就會悄悄的往春之神殿去散步，希望能夠湊巧碰到愛麗……當然沒那麼好的事情。

雖然春之祭即將在仲春日開始，崇拜春神的信徒紛紛趕來，在麥穗村或附近的荒野搭帳篷，囂鬧極了，卻沒有人跑進翠綠森林裡吵鬧。

大部分是農夫或牧人。幾乎都是平民，沒有什麼達官貴人。民情再剽悍，本質還是純樸的百姓。關心的是一年的收成，一家大小的平安，當兵就跟普通繇役沒兩樣，沒有幾個平民會喜歡戰爭的。

所以他們崇拜春神，帶來慈愛春陽和收穫的春之神，能夠溶解死亡和嚴酷冰霜的春天。

在翠綠森林和春之神殿漫步時，夜歌發現，憑著自製的法杖，她幾乎可以融入其中，不引起任何人的注意，隨意漫遊……並且和自然之力最強的春同步。

杖頭永不凋謝的樹葉中，甚至盛開了幾朵單純的小花。

本來很煩惱的問題，現在解決了。她將軀體交還給愛麗後，終於有容器可以讓她抗拒輪迴，暫時停留於世，完成她對霆烈·霜詠的承諾，看顧到最後。

這是愛麗的天賦，和春神的慈悲。

真可惜。若是再多點時間該多好……她說不定能更領悟自然之道。一直把頭埋在書裡，只專注著黑暗和真理，果然還是會錯失許多……

但這樣也不錯，真的。讓自然蔓延過心靈，諦聽人類原本微弱，彙總卻強而有力的心願，生命漸漸蓬勃旺盛的感覺……

真的，非常不錯。

烈正對著熔爐與鐵鉆沉思。

他學習能力很強，而火焰和鐵鉆讓他有種莫名的熟悉感，老闆都要他拋棄浪蕩的冒險者生涯，乾脆當鐵匠算了。

「你會成為比我更了不起的鐵匠！」那個本來對自己手藝非常自豪的老闆說，

更自豪的扠起手臂，「然後我會教出一個真正宗師級的鐵匠！」

可以的話，還真的希望這樣呢。

他就只是個單純的魔劍士，厭倦流浪，在麥穗村落腳，成為一個鐵匠，和在圖書館工作的妻子夜歌，住在鐵匠鋪的閣樓。打著鐮刀、犁、鋤頭和鐵耙。

所有可以讓種子在土裡長出糧食的工具。

劍是不能拿來犁地的。而他，也只能暫時留在這裡，在面對龐大不祥宿命後……不知道會變成什麼樣子。

但他很喜歡麥穗村的人，很喜歡永冬……的每一吋土地。類似吧？犁著土壤播下種子的永冬人，和麥穗村的人一定很類似。

力量，一定要控制。他需要一把劍，能夠控制約束自己力量的劍。拿起劍的原因……一定是要捍衛這些犁田的人。

這才是騎士守則第一條的真正意義！

他開始打造鍛鍊自己的第一把劍。腦海裡迴響著夜歌的講解。

「其實所有的作品，都有相同的性質。」夜歌很嚴肅的說，「完成作品的時間長短，並不能決定作品的價值。真正好的、能更撼動人心的作品，決定於創作者把多少『自我』放進作品裡！技藝熟練與否，都只是枝微末節……真正重要的是，你能體悟到真正的規則和放入多少『自我』！千萬不能忘記核心！」

本來覺得很抽象，現在，他也漸漸能感悟到了。不單單是把封印下的雷與火淬鍊進鐵中，還有他自身的情感。經歷迷惑、痛苦哀傷和憤怒，然後明白自己想做和該做什麼……

和夜歌的相遇，成為一切的契機。邂逅和必定的離別。不能表達的感情……

他也終於明白，捍衛守則的本質。規則並不是死板的教條，規則的最終是為了……自由。

自由的真諦，在以不妨礙他人自由為範圍。規則存在的真正意義，就是要一切都犧牲少部分的自由，才能獲得真正而完全的自由。

等他從沉迷狀態清醒過來，已經將劍開鋒磨好了。這是一把好劍。非常好的劍。他終於能明白那種內在掏空，靈魂虛弱的感覺。

但是感覺，很滿足。

環顧四周，鐵匠鋪的人都圍著他看，把他嚇一大跳。

「真是……你之後再也無法做出這樣鬼神般的武器了。」鐵匠鋪老闆拿起來看了看，搖了搖頭，「你小子……我知道你是那種認真過頭的個性，卻沒想到會搞到削減靈魂，做出這種東西。」老闆翹了翹大拇指，「護手和劍鞘我幫你做了吧。」

「我……」烈站起來，卻晃了晃，若不是其他學徒扶住他，恐怕就倒下了。

「會短命的啊，傻小子。」老闆嘆氣，「這樣的好劍，叫做什麼名字？」

「……『旅』。」

「旅？旅行的旅？」老闆挑著護手的材料，「太沒氣勢了吧？我以為會叫做九重破天聖龍鳳凰神劍之類的……」

……老闆，你是不是除了愛情小說還看了很多熱血小說？

「這是，『旅』。人生就是一段漫長艱難的旅程……」我也是在和夜歌開始旅程後，才感悟到打造出這把劍。

意識漸漸遠去，他沉入黑暗中。

等他再睜開眼睛，入目就是夜歌怒氣滿點的臉孔。哈哈，糟糕……

「你個笨蛋！」夜歌撲過來揪著他前襟，「一夜又一個上午就做出那種佳兵……想死啊你？削減靈魂縮短壽命……你將來絕對是笨死的！像我這麼厲害的大巫師還拉長製作時間到三天……你以為我沒辦法瞬間完成啊，吭？就是要避免太過度的掏空死翹翹啦！」

「下一次……」他虛弱的說。

但夜歌的表情可怕到極點，俯瞰著他，「嗯？還會有下次？」

「……不會了。」

夜歌鬆開了他，表情稍緩，替他換了額頭的冷布巾，「腦袋靈魂都過熱！神官都快哭了……他已經快忙死，你還增加他的工作。」

「對不起。」

「別隨便低頭。」夜歌坐在他床畔，神情真正緩和下來，「雖然很亂來啦……但你真的開始讓我覺得自豪了。」摸了摸他的頭。

「……嗯。」

真希望，時光一直停在這一刻……

但這一刻的靜謐，卻被夜歌的哈哈大笑打破了。「你知道嗎？你昏倒以後店裡亂成一團，結果有個冒險者看到了這把劍，硬要跟脾氣不好的老闆買……

欸，我突然想到之前看過很多吵架場景，跟民族性息息相關。馬雅學院附近的祕法鎮，鎮民吵架，都端著法師架子，從天明說到天黑，引經據典的，絕對動不了手。

克麥隆來往商旅多，居民吵架，都先拚誰會的外國髒話多，開始澇人，然後才赤手空拳的打群架。

最酷的卻是永冬人。那個白目被拒絕惱羞成怒，只罵了聲『你大爺的』，結果鐵匠鋪老闆怒吼了一聲『孫子！』，就拔出斧頭砍過去，連夥計都拿出十八般兵器，一路把那個白目追到村外，是神官大人捨身取義的出面勸說才沒有引發流血事件……哈哈哈哈哈！」

永冬人不跟人耍嘴皮沒錯。不過想想那個場景，虛弱的烈也忍不住噗嗤一聲。

烈的恢復速度驚人，沒兩天就痊癒。老闆真的很有本事……很能體察這把劍的本質。所以樸素的劍身配上樸素的劍柄和劍鞘，卻有種低調華貴的感覺。

被起鬨的沒辦法，他到鐵匠鋪後面試演，一劍就破碎了有一人高的鐵礦原石。

所有人都在歡呼，實在太厲害了！

但只有烈知道，他根本沒有出什麼力，只是順應力流引導，揮出一劍而已。不過，老闆應該也知道吧。

因為他伸出蒲扇般大小的手掌，拍了拍烈的肩膀。「小子，我知道你和你老婆的旅程還很遠……但旅程結束，答應我首先考慮回來這裡。」

「……好的。」烈點頭。若有那麼一天的話……放下劍，舉起鐵鎚，也是很好的一生。他真的就這麼希望而已。

先不要想那麼多。將劍收到閣樓，把長髮綁起來，他依舊回到炎熱的熔爐和鐵鉆邊，舉起鐵鎚。

最少現在可以這樣。

仲春日終於到了。整個村落像是瘋了一樣狂歡，所有的商店都休假了，但有更多外地來的小販。

就只有這一天，春神的神像會放在嫩枝編成的轎上，由特別選出來的少年少女列隊扛著，一面歌詠一面在麥穗村的街道遊行，信徒瘋狂的簇擁，稱頌春神的名，穿著正式禮儀外袍的神官，神情聖潔的沿途滴撒春泉之水，祝福信眾。

不像別的主神那麼高大雄偉，春神的神像跟普通人差不多大，是個線條柔和慈憫的精靈少女模樣，佩戴著嫩綠的枝枒和花朵，眼睛是玫瑰的顏色，栩栩如生。

春之祭第一天遊行的榮耀，一直都是最接近神殿的麥穗村，然後漸漸往其他村莊遊行，會足足狂歡十天，晚上還會有篝火晚會，年輕男女可以在這天對舞傾訴衷情。

原本應該是這樣。

但是歡送春神隊伍遊行到鄰村的村民，半路卻驚慌失措的跑回來，身上都有傷。

「騎、騎士團……國王下令，要騎士團奪走春神神像！」

整個村落和遠來朝聖的信徒沸騰了，連女人都抽出擀麵棍，農夫拿出草叉，群情激憤到立刻要攻擊騎士團。

他們的春神！他們的信仰！他們期待已久的春之祭！沒有任何理由就被奪走了？

不能忍受！

「各位！請冷靜一點！」神官突然展現神威，聲音洪亮到整個村落。「春神是生命的神祇，祂絕對不希望讓信徒流任何一滴無謂的血！那只是一具雕像……誰也沒有能力奪走春神！」

有人哭了，大部分的人都垂下臨時找來的武器。春之祭就這樣被破壞了，信徒環繞著翠綠森林和神殿沉默，歡樂的氣氛蕩然無存。

但是，事情卻沒有因此結束。

永冬騎士團的一支小隊來到翠綠森林，無情的驅趕信徒，並且查封春之神殿，據說不日就會加派人手來拆除神殿、焚毀樹林，重建嶄新的冰霜神殿。

「……交了那麼多的稅，王室到底替我們做了什麼啊？道路，還是醫療？」村民終於爆炸了，「什麼都不做也無所謂，讓我們僅夠果腹也就算了，為什麼連我們的神都要搶走？」

「再也受不了了！」

「春神從我們麥穗村手底被搶走，神殿毀在我們這一代，能夠忍受嗎？」

「不能！不能！不能！」

果然是，非常剽悍的民族性。扛起法杖時，夜歌默默的想。配上旅之劍的烈遲疑了一下，「其實……」

「你再多說，我會打人喔。」夜歌睥睨著他，「是群笨蛋沒錯啦……但卻是目前為止，我最喜歡的……笨蛋們。可不能只讓你去耍帥。」

「我已經說服老闆了。憑他的威望……應該可以暫時鎮壓吧。」烈披上披風，「他還把馬借給我。」

「嘿。」夜歌淡淡的笑，「他也不是簡單的笨蛋嘛。」

果然，鐵匠鋪老闆的愛馬，像是傳說中會吃人那種烈馬，眼神很不錯。

「夜歌，妳真的不用來。」騎在馬上的烈，微微困擾的說。「我雖自逐王室，但我還是永冬人。我不能看著……這種莫名其妙的內亂即將發生，卻坐視不管。」

「……你真的要讓我拿法杖打你的頭嗎？」夜歌扁了眼。

烈微微笑了笑，伸手給夜歌，跟她同騎共轡。

如果麥穗村的村民忍不住動手，一定會造成傷亡。王室絕對會蠻橫的派遣更多士兵鎮壓。但信仰春神的卻不是只有麥穗村而已……這種寧折不彎的民族性，一定會讓鄰近十村也義無反顧的加入反抗的行列。然後是更多的春神信徒……直到整個國家陷入內亂。

但若是流浪的冒險者，王室就只能基於大陸傳統，將矛頭瞄向冒險者的隊伍而已。

「那些混帳居然在翠綠森林野營，我看不順眼。」夜歌冷冷的說。

「稍微繞路處理一下好了……反正很快。」烈的表情又冰封起來。

果然很快……夜歌都還沒下馬呢，烈已經如狂風般襲擊了這支十幾人的小隊。雷操縱得不錯嘛……個個焦黑麻痺。

「不要浪費太多力氣好了。」夜歌掏出魔法粉筆，畫了個咒文陣。

「可能的話，盡量……」烈皺起眉。

「不會殺他們啦。」夜歌露出充滿邪氣的笑容，「徵收一點生命力而已……把春神的領地糟蹋成這樣，怎麼可以不付出點代價。」

那支小隊幸運生還。但都臥床很久，還有記憶混亂和恐懼綠色的毛病，非常可憐。

「……妳到底對他們做了什麼？」烈看著那群把生命力獻給翠綠森林的倒楣鬼，不怎麼放心的問了。

「戰場上一定會有死傷，別太關心敵人啦。又不是我們挑起的。」夜歌笑得很壞，「除了生命力，我也稍微問了一下他們的記憶。」

是拷問吧。怎麼可能只有問……夜歌哪有那麼溫和。

「初冬時，你們永冬王宮來了一個賢者大人，擊敗了王國魔法師，展現很多神蹟，而且是個強力主戰派。」夜歌冷笑兩聲，「那個賢者大人雖然蓋頭蓋臉，化成灰我也知道是誰。」

「梵離嗎？」

「嗯。他大概是在尋找基地的途中見到了愛麗的魂魄。因為某種原因，他沒辦法親自去取。但他知道，能夠讓我自投羅網的誘餌，也只有這個。大概他也遭逢了跟我相同的問題，春天的力量越來越強，沒辦法正確分辨愛麗的魂魄，所以他乾脆的先劫了神像，燒毀樹林，拆掉神殿。用排除法來尋找……」

「為了自己自私的目的，就可以把整個永冬捲進來嗎？不可原諒。」烈沉下臉。

「我可不會道歉。」夜歌將臉一別，「若不是永冬王一心狂於戰爭，梵離根本無從下手。他能蠱惑王者，擊敗法師，但若強迫或威脅，一定會被馬雅學院殲滅的。要怪就怪你那拚命想打仗的老爸吧。」

「在妳眼中，我就那麼是非不分，易於遷怒嗎？」烈冰冷的發出怒氣。

「想吵架是不是？我會輸你嗎？小鬼！」夜歌也火大了。

兩個人怒視了一會兒，連座騎都感受到這股不安，發出「啡～」的咆哮。

但因為這匹湊熱鬧的座騎，兩個人噗嗤一聲笑出來。

「沒什麼好吵的。」烈又恢復冷靜。

「就是，蠢翻了。」夜歌難得同意。

其實也是有一點不安吧……和無能為力。和整個國家為敵，搶回春神雕像其實沒什麼實際的用處。但起碼可以暫時安撫春神的信徒，將矛頭指向他們兩個流浪冒險者，拖一點時間。

然後呢？不知道。

但若連這點時間都不拖，讓他們直接面對麥穗村的滅亡，他們又辦不到。

夜歌試圖占卜他們的未來，除了奪還春神雕像還有一點希望的微光，其他道路都通向虛無的滅亡。

命運自有安排。那就這樣吧。

只是他們也沒想到，會面臨這麼多人。一個春神雕像，居然動員到上千名全副武裝的騎士團，數十名魔法師。勒住馬韁，在峭壁上眺望遠遠的煙塵。

百年來未曾見過的，速成魔法師。哦，原來如此。永冬王會那麼信任「賢者大人」大概就是這批祕密武器吧。

沒有暴風雪的掩護，沒有計謀的加成，只能面對面硬碰硬的上了。

「那些混帳是我的。」夜歌指了指那群速成魔法師。

「拜託妳了。」烈微微露出一點笑意，又復冷漠。

他們下馬，夜歌施展緩降術，讓他們一起降落。攔在騎士團必經道路之前。兩邊都是峭壁，路面只容十數馬並行。

以寡擊眾的最佳地帶……但他們只有兩個人。

「意外的收穫啊，烈殿下。」騎士團長分眾而出，「您想通了，願意回歸王室了嗎？」

「老師。」烈致意，面容和情緒卻寒意更盛，「我早已不是王室一員，只是個普通魔劍士。請留下春神雕像離開吧。」

「沒想到，堂堂永冬皇子、騎士團一員，我的得意門生，會成為流浪漢……是那些異教徒的委託嗎？」

「不。」烈更冷漠的回答，「基於我的信念和個人意志。我認同春神，卻不認同王室和騎士團。」

騎士團悄然無聲，卻沸騰起來。騎士團長瞇細了眼睛，「孩子，你選擇了一條反叛的道路。」

烈微微的彎了彎嘴角，拔出劍筆直的指向騎士團團長，引起騷動。

「肅靜！」騎士團團長怒吼，「軍紀、秩序！」等騎士團安靜下來，團長冷笑，「孩子，你挑戰我？」

「不死不休。」烈安靜的回答。

團長下馬，俯瞰著比他還矮一個頭的烈，「我接受你的挑戰。即使受吾王譴責，騎士的榮譽也不容污蔑。」

「榮譽？」烈的笑有點憂傷，「現在的您，還記得守則嗎？」

騎士團長沒有回答，已經揮舞巨劍橫掃過來。宛如鐵塔般的漢子揮舞著大鐵片似的巨劍卻如此靈活迅速。

雷與火，甚至是劍氣，都無須使用。烈用純粹的劍技擊向自己的劍術老師，用這個代表敬意和哀悼。

「感謝您的教導，」在錯身後，烈低低的說，「很遺憾，並且，再見了。」

巨劍斷裂粉碎，鐵塔傾頹、腰斬。

短短死般的沉寂後，騎士團發聲吶喊，整齊的奔馳而上，法師團發出法術……法術卻如煙花般無力殞落，終於出手的少女帶著惡意的甜笑，「別忘記我的存在唷～☆」

烈的笑更深了一點，哀傷更沉，並且無奈。自言自語著，「今天，我會殺很多人。」

雷與火環繞的旅之劍，發出驚天動地的劍氣，瞬斬了十餘匹人馬，血肉橫飛。

只有永冬人會這麼瘋狂。

在實力懸殊而暴虐的殘殺下，若是其他國家的人，恐怕就會退卻。可他們不但是永冬人，還是當中最武勇的王國直屬騎士團。血肉橫飛的殘暴，只會更刺激他們的戰鬥欲望，拚命向前。

身為永冬人的烈非常明白。所以他才肯定，今天會殺很多人。尤其是在這種集團意識的狂氣下，永冬騎士團會變成不畏生死、只知向前的怪物。

父王……其實你不需要我這個怪物。因為你擁有的怪物比誰都多，比誰都強……即使在真正的怪物之前。

在全數殲滅之前，根本不會停止的……戰爭機器！

對不起。在一塊血肉飛到他臉上時，他閉了閉眼。真的，對不起。

但我不能看著全副武裝的騎士，冷血的舉起武器，砍向只有草叉和棍棒的平民……我知道你們會的，因為我曾經是永冬騎士團的一員。

「閃開！不要擋我的路！」他怒吼，全身濺著自己的血和敵人的血，瘋狂的殺出一條血路，直往載著春神雕像的馬車前行。

下雨了。春神雕像淋著雨，水滴經過玫瑰色的眼睛，很像在流淚。

握了握拳，站在他背後的夜歌還是忍住，沒有試圖開解烈。這是他選的道路，他得自己破除迷惘和深刻的體悟。她的重心，還是擺在圍著春神馬車的速成魔法師。

的確，她是柔弱的法系，所以她將自己脆弱的安危交給前面奮戰的魔劍士，但絕對不讓遠距離攻擊的敵方法系有任何機會傷害她的隊友。

沒有時間畫魔法陣還是吃虧了……完全靠法杖和對力流的理解，她很快就疲倦起來。不管是黑暗還是真理，都漸漸感應遲鈍了。

敵人真的太多。

但在黑暗和真理都感應不到的極限中，她卻模模糊糊的感覺到翠綠色的憂傷和漸漸的憤怒。

大道……或許反應遲緩，但報復卻是絕對的。自然是濃縮的大道，當然也不例外。慈愛如母的春神啊……自然的神祇之一。妳忍心看著自己的兒女受折磨嗎？

杖頭幾朵簡單的小花突然怒放，香味強烈到令人頭昏，和有段距離的春神雕像起了強烈的共鳴。草木瘋狂滋長，洞穿了殘餘的速成魔法師，讓整個騎士團大亂。

一直跟自然魔法無緣的夜歌，第一次經歷了「神降」這種屬於最虔誠的神官才會有的法術和體驗。

果然越慈愛的母親，為了兒女，也會越瘋狂啊！

只是在烈和她終於來到春神雕像之前，夜歌都想拚一次她一直記憶模糊的空間法術了……春神雕像卻在他們面前，被一把長槍洞穿，粉碎。

還在神降狀態的夜歌立刻吐血，被強迫脫離神降的術者，反噬是非常激烈的。

一切都只發生在一瞬間。

全體陣亡的速成魔法師都不自然的浮空，胸口應該是惡魔之卵偽裝的寶石部分，卻是深不見底的黑洞，並且伸出無數黑暗觸手，兇猛的襲向夜歌，並且立刻形成空間法術的傳送陣。

但烈卻撞開了夜歌，被那些觸手捕獲。明明他的雷和火燒開了大部分的黑暗觸手，一個拚著命不要的騎士卻把一個不起眼的鐐銬銬在他脖子上。他怒吼，封印崩潰並且開始變形，卻因為那個咒文鐐銬幾乎窒息而無法自救。

烈被黑暗傳送陣帶走了。

而虛弱並且吐血的夜歌，卻看到碎裂的神像裡，有團小小蜷縮著，沉睡的靈魂，愛麗的靈魂。

她拚著最後的力氣，用法杖收取愛麗即將飄離的靈魂，「讚頌您的名，春神雨之詩！」

瞬間消失在戰場上。沒想到她這麼不虔誠的信徒，還能使用神官專用傳送法術。

趴在空洞的春之神殿，她咳血、顫抖，頭痛得幾乎要爆炸，全身的骨節像是被拆開來又重組，內在被掏空而虛弱。

但她的心痛卻壓過一切。

為什麼她這麼大意……為什麼沒有先看穿那些速成魔法師的組成……她達到了久遠以來的願望，終於找到了愛麗……可是為什麼這麼痛苦。

「霆烈．霜詠！」她悲吼，眼淚潸然而下。

＊　＊　＊

坐在原本安放著春神雕像的台座下，夜歌漠然的看著梵離一步步的接近，一點聲音也沒有。

「怎麼辦呢？師傅。所有任務都失敗了。」梵離露出一個無邪的笑，「計畫總是不斷的不斷的產生變化，都不是我們預期的結果。」

「哼。」夜歌疊起手，「原來，你已經完全無法靠近春之神殿了啊……因為成了不自然的產物。只能派虛影過來，既不敢面對我，也不敢面對自然。」

梵離沒有回答，只是眼神偏了偏，注視著她的法杖。「您看，結果都不是我們要的。我不想要那個畸形的怪物，也不想給您那個低賤的女孩。最後都沒如我的意……但這盤棋，還是我贏了呢。」

「哦？」夜歌不太感興趣。

「因為師傅您……太重視這些低賤愚蠢的人類。」梵離靠近了一點，聲音很輕，「而永冬王……又特別愚蠢，追求他根本也不懂的榮耀……很容易操控，是吧？這個國家，不是只有春神這個次級神……若是國王下令毀掉所有神殿，只准許冰霜神殿的存在……結果應該很有趣吧。」

他的聲音更輕，靠得更近，「君王下令殺害自己的子民，子民起身反叛君父……您看，人類就是這麼容易操控，這麼容易自取滅亡。只要稍稍的加強一點點欲望和惡意，就可以在世間製造煉獄。若是您覺得永冬的『表演』還不夠精彩……下一個舞台，就在克麥隆，如何？」

夜歌輕笑了一聲，眼神冷酷如冰，「直奔主題吧，徒兒，這麼多年了，還學不會抓重點。」

強烈的威嚴，即使透過虛影，還是令人發寒，讓他忍不住退了兩步。

「我已經完全掌控了永冬王的心靈。」梵離恭敬的說，「我可以讓他解除宗教禁令，重塑春神雕像。師傅，您已經得到那個女孩的靈魂，滿足了讓她復活的心願。我可以放棄對她的關注，甚至那個畸形怪物的封印，我也能永遠封上，讓他成為正常人……他甚至可以帶走那個女孩。

您的所有願望都滿足了……我也願意放手。只要您，回到我身邊。」

「聽起來很划算啊。」夜歌撐著臉，「我若說不呢？」

梵離微微沉了臉，語氣依舊溫柔，「聽說您在麥穗村住得很愉快？別驚訝，我只是略微閱讀那個畸形怪物的記憶，並沒有傷害人質。但您若說不……我想永冬騎士團尚有數萬之眾，讓一個小村子永遠消失，也不是什麼困難的事情吧。」

「看起來我毫無選擇啊。」夜歌垂下眼簾，再抬起來時帶著輕微的嘲意，「我可以去亞爾奎特廢墟找你。但是在那之前，先對你的骨匣發誓，你先讓國王解除宗教禁令，然後解除對他的控制。」

「……您不可能讓步這麼多。」梵離微微的皺眉。

「對啊。各退一步吧。」夜歌抬手，「女孩和男孩的事情，用不著你插手。我會去找你……但是能不能獲取我，要看你的本事。」她露出甜美的獰笑，「戰勝不了我的男人，就算是我粉身碎骨、靈魂湮滅，也絕對不能讓我跟從。」

「我對我的骨匣發誓，依您所言。」梵離笑得更溫柔，並且施展了心鎖之誓。

「兩週。」夜歌疊手，冷漠的看著他，「我只給你兩週的時間，若是你收拾了殘局，我就會出現在亞爾奎特廢墟，親自去找你。」

「我很期待，親愛的師傅……」梵離漸漸隱沒。

夜歌沉下了臉，輕嘆了口氣。和人類有因緣，果然不是什麼好事。

那個女孩回來了。但是小夥子卻沒有回來。

鐵匠鋪老闆鐵刮看到愛馬自己跑回來時，心裡就有準備，看到女孩的時候，還是有種異樣的感覺。

她外表沒受什麼傷，內在卻傷得很深沉。神官大人替她治療和交談後，突然臉色大變，將信將疑的跑回去，而且在王室政策未明下，立刻選了塊白玉石親自雕刻春神的新雕像。

女孩躺了兩三天，居然就痊癒了。削弱了某種堅實的氣質，卻萌芽了另一種堅韌。

在她能起床那天，國王突然解除了他莫名其妙的禁令，甚至沒有追究翠綠森林裡不明重病的騎士，還特別頒布了尊重境內所有神祇的法令。

神官把他不吃不喝三天雕出來的春神，暫且放在神座上。他說，「神座上沒有春神，實在太奇怪了。以後再慢慢訪高明的雕刻師傅好了……」

但是，春神雕像卻再也沒有更換過。

神官傾注所有虔誠和愛的、粗糙的春神雕像，卻在隔天崩落了許多不必要的部分，變得更貼近原本的春神，白玉的眼睛變成玫瑰色，頭上的雪白葉子發出嫩綠，綻開了美麗的花。

這神蹟讓信徒環繞痛哭，更多信徒遠道而來，瞻仰這樣的神蹟。

老鐵刮仔細的看著女孩，「夜歌，你們到底做了什麼？阿烈呢？」

「討厭啦，老闆。不是要你叫我的名字愛麗嗎？好見外喔……」女孩笑得靦腆又粲然，鬢邊的小白花楚楚可憐，「烈去做一個任務啦，半個月就會回來……或者稍微遲一點。」

「真的會回來嗎？」鐵刮老闆沉聲的問。

「……當然。」她舉起嬌小的拳頭，晃了晃，「到時候還不回來，我就去接他回來。啊，我打工要遲到了，再見！」

好險。鐵刮老闆以前一定是老練的冒險者，都怕被他看破呢。

又過去了寶貴的幾天。但她還是要如常的在麥穗村生活下去。在病中，她已經喚醒了收藏在小白花中的愛麗，如願的問了她的選擇。

「……我想再看到花開和藍天。我想繼續活下去。」剛睡醒的魂魄還有點渾渾噩噩，但愛麗做了選擇。

真是，太好了。

「一下子回到軀體，受到的衝擊太大。」夜歌溫柔的對愛麗說，「將近一年的時光，妳的軀體大不相同了……尤其是腦袋。雖然時間有點緊迫……但這兩個禮拜，妳好好閱讀這段時間的記憶和知識……所有的一切。」

所以，夜歌還在圖書館工作，如常的抄抄寫寫。但抄書和思考是分開的，甚至讓愛麗汲取回憶和知識，都是各不相同的部分，所以她恰如其分的扮演柔弱的圖書館員，並且等著出任務的「丈夫」回來。

一切都安排好了。

將來她不在的時候，承接了這段時間的記憶和知識，愛麗可以繼續在此當圖書館員，麥穗村的人會對她很好，不會有人傷害她。

只要先解決了梵離，再把烈救出來就好了……

或許，她才是完全體的怪物。她能夠一面執行日常生活，一面思考準備未來的戰役，了解敵人、分析敵人，從最不可能的地方獲得勝利。

將所有的知識、所有的理解和追求，都發揮到極致。像是個縝密的棋士推算到無數種歧途和結果。

只是過程有點痛……不過只是皮肉上的小傷，不要緊。

「夜歌，妳的後背在滲血。」神官大人欲言又止，終究還是跟她說了這個而已。

「啊哈哈……我以為擦乾淨了。」她伸了伸舌頭，「神官大人，喊我愛麗吧。以後還要麻煩你照顧……」

「妳、妳不要像是交代後事！」情感很豐富的神官泣奔了。

……當神官的人似乎情感都過度豐富，淚腺發達呢。這樣特別告訴他真相，不知道行不行。

時日將近，烈，你撐得下去吧？要讓我自豪啊。不要輕易的……輸掉。

「烈？就是那個黑髮黑眼的……大哥哥嗎？」暫居在花心的愛麗柔弱的問。

「嗯。他是個很棒的人，妳會親自認識他的。」

「……我睡著的這段時間，好精彩啊。」愛麗發出笑聲，「果然活著比較好。大姊姊，我想起來了。小時候，我在巫婆森林看過妳……妳好漂亮，可是一直在生氣。」

「現在……不生氣了。愛麗，再把身體借給我一點點時間。」夜歌在地上畫著複雜的咒文陣，「妳放心，不管結果如何，我一定，讓妳平安回到人世……回到這裡。」

生。

就算我和烈都不幸殞落，妳還是可以回到春之神殿，繼續妳年輕而未完的人

「我保證。」夜歌的表情異常嚴肅。

「好的。」愛麗溫馴的回答，「我相信妳，大姊姊。」她悄然沉眠，要在短短兩個禮拜閱讀完腦內新增的知識和經過，也是很疲累的事情。

沒想到，經過沉重的心痛和憤怒，也能讓她再突破……記憶模糊的空間法術變得如此清晰。

這會是一場，很精彩的戰鬥。對她而言。對彙總所有力流的大道，有了更深刻的領悟。

橫著杖，她走入咒文陣中，頓杖啟動傳送法術，目標就是亞爾奎特廢墟。

真是個……惡趣味的傢伙。

裝在封閉而龐大水槽的末兒淚流，像是個水妖般在內漂盪。而梵離珍藏的骨匣，就在旁邊浮空。

「巫妖對決？」夜歌輕笑，「徒兒，你終究還是個喜歡決鬥的劍士。」

所謂的巫妖對決，就是巫妖間的決鬥。戰勝者擁有對方骨匣的處置權。如果是非巫妖和巫妖決鬥，非巫妖會在預定的骨匣印上自己的靈魂印記，戰敗就會經歷比死亡還痛苦的歷程，成功成為臣服的巫妖，失敗就魂飛魄散。

梵離從黑暗中走出來，「師傅，我敢面對您了。」

夜歌走到封閉水槽，看著眼淚不斷漂浮融蝕在水中的末兒，「結果你也沒有消除她的自我意識啊，這樣能夠當作骨匣嗎？」

「師傅，妳的靈魂那麼強，隨便也能覆蓋那個薄弱的東西。」

「說得也是。」她單手施法，在水槽上印上自己的靈魂印記。

她橫杖，但梵離卻抽出黝黑的劍。要用自豪的魔劍士打敗她？不得不說，就職業相剋，的確比較有勝算……反正他也不會可惜愛麗的軀體。

「我的能力只有生前的十分之一，你需要這樣嗎？」夜歌聳聳肩。

「師傅，您太狡猾了。我不得不謹慎一點。」梵離溫柔的笑笑。

「好吧。」夜歌漾起充滿惡意的甜笑，「來我這兒。」她用拇指從左往右畫，

「徒兒啊，讓我終結你百年來的惡夢吧！」

龐大的邪惡劍氣席捲而來，和夜歌拄杖發出的黑暗氣息碰撞，轟然雷鳴，梵離已經逞著劍氣餘威逼近夜歌了。卻沒想到她操縱風而浮空，飛到他背後，彈指發出一記火焰，卻被梵離的黑劍劈成兩半。

「果然師傅回憶起法師的知識呢。」梵離依舊溫柔。

「被發現了嗎？我還以為可以當伏兵欸。」夜歌笑得很燦爛。

越龐大有力的法術，需要越長的吟唱時間和越複雜的咒文陣，也會耗費大量法力。這就是看似強大實質卻非常脆弱的法系……不管是黑暗的術士還是真理的法師，都不外這種規則。

所以他才選擇用魔劍士的技能全面壓制夜歌。不給她畫咒文陣的機會，不讓她有完整吟唱的時間。徒勞無功的瞬間小法術，很快就會耗乾她所有魔力……

這些他都盤算好了。

果然夜歌左支右絀，只剩下閃躲的機會了。很快就疲勞的區區肉體，要怎麼跟他這樣不知疲累、永遠存在的巫妖身體對抗呢？

「徒兒，你一點進步也沒有。」夜歌飛遠些，搖搖頭，「既不收集情報，又太過自信，從不動腦筋。」

才不會被妳干擾呢，師傅。妳最擅長這樣了……故弄玄虛。

他用驚人的速度幾乎刺穿夜歌時……雙臂交會的夜歌，卻不是意圖用虛弱的肉體格擋。無數的閃電從地底竄了上來，銀蛇亂舞，將地板都轟了兩尺深。

若不是危機感讓梵離猛然往右跳躍，大概就被這強烈淨化效果的雷霆術轟個正著。

怎麼可能？在沒有咒文陣的情況下，光憑一把法杖是發不出雷霆術的。

「嘖，」夜歌的衣袖都破碎了，顯露出兩臂透明的刺青。這是擁有一定程度的法系才看得到的刺青，紋路中還劈哩趴啦的流竄著微弱的電，「底牌都打出來，還是沒擊中呢。」

居然把咒文陣刺青在自己身上。大概也刺青了回復法力之類的咒文陣吧……所以打到現在，還不顯疲態。

「來啊。」夜歌陷入狂熱，「過來啊，徒兒！你不過來我就過去了！」她縱跳起來，將法杖使得像是一把劍，在這樣熟悉的威嚴和壓力之下，梵離退卻而用劍隔擋，杖尖正好刺在劍身上……出現很小的裂痕。

好機會！莽撞的進攻讓他一把抓住夜歌的咽喉，提了起來……看到的卻不是窒息和痛苦，夜歌舉掌在他眉間猛擊了一記，像是被熾熱的火焰燒進腦袋裡。

他反射性的放了手，摀住疼痛非常的傷口，夜歌俐落的落地拾回法杖，帶著輕蔑的冷笑。

什麼嘛，也就這樣而已。梵離發出極大的究極闇法，失去所有耐性的他，憤怒而狂喜的將夜歌寄居的身體轟成碎片，包括她可惡的輕蔑。

別想……別想再輕蔑我，別想再逃離我！師傅，妳無處可逃！妳看！妳的魂魄還是得進入我為妳做好的骨匣，永遠永遠，永遠永遠！

好累。果然發出最後的究極闇法太勉強了嗎？沒關係，我很快就會醒過來……只是需要……休息一下。

醒來以後，就會永遠和師傅在一起了。一直，在一起。

輕輕的腳步聲停在倒地的梵離身邊，蹲了下來。毫髮無傷的夜歌俯瞰著梵離，「徒兒，我不是以前的我，你也不是以前的你。為什麼，你就是不能明白？除了真理和黑暗，我也略微理解了自然……只是略略了解，就能擊敗你了。」

但她對自然的理解實在太淺薄了，只能就神降的經驗回憶而拼湊。她在身上刺滿了透明的刺青，主要就是要重現自然咒文陣。

可惜，她時間太少，理解的不夠透澈。只能用近身的方式，險之又險的透過接觸硬打入梵離的眉心，攪亂破壞他腐朽的腦漿。結果他胡亂引爆危險的闇法，耗盡所有然後倒下。

表情卻是……那麼平靜，甚至有點脆弱。

「……徒兒，你做了個好夢嗎？」坐在他的身邊，夜歌覺得疲倦……心很疲倦。

或許這樣是慈悲吧……在你做著美夢的時候。她伸手取向毫無防備的，梵離的骨匣。居然是用玻璃盛裝。徒兒你啊……

她揚起手，闔在水槽裡的末兒卻發狂的搥打著水槽壁，雖然聽不見聲音，卻看得出她在瘋狂喊著不要。

生前的臉孔，生前的身體。梵離到底是抱著怎樣的心情，剝下她的皮，製造這個有自我意識的娃娃呢？

再次揚手，水槽的敲打更兇猛，已經冒出血來，淡淡的暈開。

從來從來，沒有站在別人的立場想過。她只知道專注的注視著自己的目標，毫不在意任何人。

什麼時候，那個帶著一把劍，畏畏縮縮的小孩子，長得這麼大了？

「這裡是學習魔法的馬雅學院！」當時還很年輕的她睥睨著發怒，「難怪別的老師不要你！法師要什麼劍，馬上給我丟了！」

一直畏畏縮縮的孩子，頭回勇敢抬頭，雖然顫抖的厲害，「這把劍……和我的姓氏，就是我所有的過去！爸爸媽媽和村子都沒有了……我只剩下這個！」

年輕的她，是那麼不耐煩啊。只想著怎麼快點解決這個麻煩。「……你若下次月考都得到優等，」她對著那個成績很差的學生說，「我就請個劍師來教你練劍，愛怎麼練，就怎麼練！」

什麼時候，畏畏縮縮的小孩子長大了，變得恭敬而沉默寡言？什麼時候，這個沉默寡言的學生，將劍術和魔法結合在一起，獨創了魔劍士？

那時她好像只是隨口稱讚了一句吧？那孩子就不斷的不斷的精進。成為大巫師，她只在馬雅學院留了兩年，又開始各國任職的日子。這孩子跟著她從一個國家流浪到另一個國家，她只覺得煩，從來沒有回頭看看他。

她就是這麼任性，從來不為人著想。如果，是說如果……她回頭看一眼，稍微的……

照梵離的死個性，大概也不會有什麼改變。

但她不會經歷這樣的懊悔和「如果」。

末兒的哭喊像是在她耳邊迴響。那個擁有自己生前容貌的木偶。頹下雙肩，她拎著梵離的骨匣，看著水槽裡的末兒，「妳能保證……永遠屬於他，而他永遠屬於妳嗎？」

末兒驚愕了一下，拚命點頭。

她打開了水槽，溼漉漉的末兒不知所措的看著夜歌，眼光不斷瞄向倒地的梵離，哀求著，「讓我看看主人怎麼樣了……」

「他的腦被我破壞了。」夜歌疲憊的回答，「行為舉止會有段時間像小孩子。妳……還是要屬於他嗎？」

「無所謂！只要主人跟我在一起就好了，沒有關係！」末兒跪著哭求，「請不要摔碎主人的骨匣，我願意代他死，求求妳……」

哼。蠢學生做的蠢玩具，真是兩個沒救的東西。

末兒原本就是作為骨匣的存在，核心是能夠當拓體的金剛鑽。所以夜歌扶著她的臉，將自己的靈魂顏色拓印上去……然後把梵離的骨匣扔給她。

「妳以後，就叫做逢末・夜歌。」夜歌所有的疲憊都一起湧上來……內在的。「也不要再叫他主人了……叫他徒兒，他會比較高興。如果妳真的那麼愛他，愛到什麼都不要也都沒有……應該不會在意這樣的頂替吧？

我只要求一件事情。永遠看守他，不要讓他出現在世間引起災難。妳能用自己的核心發誓嗎？」

末兒呆了一會兒，將梵離的骨匣吞進肚子裡，神情堅毅的回答，「我發誓……

我發誓絕對不讓他離開！」

「好吧，」夜歌在地上畫著繁複的傳送陣，「我的蠢學生就拜託妳了。」

在傳送的過程，夜歌自言自語著，「結果，心腸變得這樣軟弱啊……這樣是可以的嗎？算了，反正我是任性的傢伙，無所謂。」

煙霧散去，她和被關在永冬城地下陰溼牢獄的烈默默相對。被邪惡咒文鐐銬束縛的他，已經完全不成人形。

「……走！走開！」獸化得非常嚴重，面目全非的烈，環繞著強烈的雷與火，不祥的血翅飄盪火羽，破碎的咆哮，困難遲緩的往後挪。

沒有任何守衛，這個潮溼陰暗的地牢像是個巨大迷宮……永冬長久以來，禁困無法解決的魔物牢籠。

大概是好不容易捕獲他的永冬王發現，他根本不能掌控擁有龐大力量的怪物，只好把變成怪物的兒子扔進這裡吧？

時間會幫他解決這個麻煩，從古到今都一樣。

「愛麗，妳醒著嗎？」疲憊的夜歌輕喚。繪完一個僅容一人的傳送陣。

「一直都……醒著。」愛麗的聲音有些顫抖。

「不要害怕……他暫時不會傷害妳。現在我把身體，還給妳。」夜歌的聲音溫柔，「可能會有點頭暈和失重感……短期間內會發燒、頭痛。但很快就會痊癒……神官大人答應過我要照顧妳。」

「那，大姊姊，妳以後怎麼辦？」愛麗的聲音帶哭聲。

「回輪迴啊。我早該回到輪迴的懷抱……不過我會暫時停留一段時間。對不起，其實，最少也該停留到妳習慣為止。但我沒那麼多時間……」

夜歌離魂，愛麗受到軀體的吸引，漸漸歸體。

身體，好重。有一會兒，愛麗不知道怎麼呼吸和心跳，覺得，很痛苦。但等她想起來時，低頭看著自己的手、腳，又熱淚盈眶。

輝煌霧氣凝聚成形，飄飄盪盪的夜歌，有著一頭烏黑的長髮，和炯炯有神的漆黑瞳孔，對她粲然一笑，然後深深彎下高傲的腰。

「謝謝妳，愛麗。妳給我自由，把軀體借給我。非常，感謝。」她的聲音空靈，「現在請求妳最後一件事情……」她指了指形態恐怖，緊咬的牙關滴著瘋狂唾液的烈，「解封法術和自然息息相關，但我對自然的感應實在……很遲鈍。妳能不能……替他解封？」

愛麗畏懼的想抱住她，卻發現像是擁抱一團空氣。她剛剛復活，頭腦還有點昏昏沉沉，「好、好可怕……嗚，一直都好可怕……」

「他就是那個黑髮黑眼的大哥哥喔，霆烈．霜詠。妳若不願意的話，可以踏上傳送陣離開。」夜歌輕嘆一口氣，「妳不一定要面對。」

「大姊姊，不要哭。」全身拚命顫抖的愛麗站直，「雖然不太明白……但妳那麼勇敢就是為了大哥哥吧？剛才妳跟那個可怕的人打……我都怕死了……」她苦笑著舉起顫抖不已的手，「現在我也……很害怕。但一定……一定有什麼，只有我可以做的吧？」

我沒有哭啦。亡靈哪來的眼淚。但愛麗，的確是個善良的好孩子。

托著她倚賴來對抗輪迴的法杖，「我會限制他的行動……趁機把他脖子上的鐐銬解開，好嗎？然後……踏上傳送陣，之後大哥哥會回去照顧妳。」

「我可以嗎？」愛麗強忍著害怕的淚水，「好、好的。」

要限制住狂暴化的烈，還真是吃力的舉動……尤其是現在的她，魂魄受過一次又一次的重創。但她還是堅持下來了，愛麗笨手笨腳的爬上去，碰到鐐銬，鐐銬就自動掉下來了。

但她也碰到了烈，讓他發出痛苦至極又興奮莫名的慘叫。

愛麗嚇得跑回來，還摔了一跤。

不愧是自然最寵愛的孩子，春神之子。

「回去吧。」長髮覆面下的夜歌輕語，「我快控制不了他了……放心，他傷不了我，但我能把他喚回來……妳在這裡，我會分心。」

愛麗還在猶豫，但已經沒有時間了。夜歌放鬆烈的禁錮，趁機將受驚嚇的愛麗推入傳送陣中。

傳送陣還能再用一次。

夜歌看著自己的靈體，顏色已經變淡許多。勉強癒合愛麗瀕死的軀體，之後又自爆自己骨匣碎片受創，神降中斷又一次……戰勝梵離的關鍵刺青，就是用她的靈魂當材料。

現在又奮力抵抗輪迴，而且還打算去做蠢事。

算了。反正無所謂。

在愛麗碰到烈的那一刻，他的表裡封印都破壞殆盡了。她若不插手，烈真的就沒希望了。

哼。反正她也很想知道那個裡封印底下是什麼，如此巨大的謎團，都到這地步了，怎麼能夠輕言放棄。

她恢復成輝煌的霧氣，從烈靈魂之窗的眼睛，進入他的內在。

* * *

沒想到他的內在這麼遼闊，以前應該很美麗。現在卻不斷的坍塌和重建，重建的速度卻慢於坍塌的速度。

這還只是表面封印崩潰而已，裡封印鎮壓的玩意兒，像是天邊遙遠的烏雲，飛快且撲天蓋地而來。

這麼近距離的占卜，這個謎團解開了。

呃，靈體的顏色又淡了一個色度。連幻化的衣服都只能用簡單的……變成一襲極為樸素的黑色長洋裝。

她降落在烈的面前，卻差點被劍洞穿。那把劍離她的鼻尖只有一指之寬。

疲憊不堪的烈驚愕，「夜歌？妳怎麼會在這裡？」

「是啊，為什麼呢？」夜歌浮空俯瞰他，「你也沒見過我的畫像幾次，怎麼一眼就認出來？」

「因為妳是逢末．夜歌。」烈悽苦的笑了笑，「來執行，我的死刑嗎？」

「嗯，應該這麼做呢。」夜歌又著手點點頭，「而且的確不是你能抵抗的東西……能夠撐下來的機率已經掉到小數點後好幾位了。」

啪的一聲，她將自己的法杖砸在幾乎觸及到他們的烏雲之後，形成了一個很小的結界。法杖漸漸龜裂……卻還堅持著。

「曾經有一位神明，受創世者大母神的命令，掌管秩序。但這個神明有很強烈的潔癖。祂漸漸的受不了許多細小的違律，對母神容忍這些違律越來越不解，甚至憤怒。最後祂綁架了母神，自命為上神，強迫所有的神明都必須幻化為人型，統一了原本散漫的天界。

但祂的潔癖和過度嚴守的秩序實在嚴苛到把自己給逼瘋了。祂最後覺得，為了保護一切，就應該毀滅所有蘊含歪斜的一切。

當然這些都是片片段段的傳說、神話。據說王女統帥眾生滅亡了祂，甚至將世界真正癒合。本來我也這麼覺得，只是傳說。」

她指了指那團狂暴閃著雷與火的烏雲，「直到看到這個。才證實了神話也有可信之處，最初的神明並不是人型，而是各式各樣的奇獸。前上神也沒能抵抗輪迴，一世世的轉世，可惜，祂的力量太大，沒有一代的轉世足以承受祂沉重的靈魂和龐大的力量，一世世的早夭。」

夜歌美麗帶邪氣的眼睛略偏向烈，「只有你喔。霆烈・霜詠。或許是不斷的輪迴削弱了祂的力量和靈魂，也可能是你堅強到足以承載。若是你被祂吞噬了意志而取代……未必會滅亡世界，但最少充滿恨意和強烈潔癖的祂，足以讓永冬城消失在地表上……一直持續到祂死亡或大陸滅亡。」

原來如此。沒錯，就是這樣。烈恍然。他頭次隱約觸碰到裡封印時，就隱隱有那種感覺。一切都有細小的歪斜和違律，強烈的想消滅一切的錯誤……不管多細小。

那還只是隱隱觸碰而已呢。

「謝謝。」知道真相以後也沒那麼恐懼……或者說最大的恐懼乃是不知道真相。「請動手，並且，永別了。」

「才不要～咧～」冷豔如黑衣魔女的大巫師對他做鬼臉，「我改變主意了。」

「夜歌？」烈驚愣了。

「反正我是任性鬼啊，改變主意跟家常便飯一樣。本來很猶豫的……」她扶臉深思，「但我想通了。愛情小說裡啊，女主角為了男主角同赴生死，那是公式。但我又不是女主角……我只是代班。現在代班的任務完成啦，我想怎麼樣就怎麼樣。」

「與其啊，被輪迴帶走。不如賭一把。」她按在片片碎裂的法杖上，「碎光了結界就沒有囉。快點快點，快點決定。霆烈．霜詠。你還要不要讓我自豪一下啊？還是你要看著我跟你一起滅亡？其實滅亡比較輕鬆喔，反正代班的會陪你一起消滅……」

法杖碎裂殆盡，雷霆閃爍嚴厲火焰的烏雲席捲而來，幾乎吞噬了夜歌的靈體。

不！「妳不是代班！」

規則的本身不是為了規則，而是為了捍衛自由和……珍惜的人。

烈舉起旅之劍，撲向雷電厲火的前上神，用更強烈的雷與火徹底焚燒了轉世殘餘的亡靈。

臭小子。被我利用了還不知道……入侵到他的內在，就可以看到他最珍視的是什麼。什麼都崩塌了，他勉強守住不肯放棄的是……身後的爐火，和爐火邊的床上，打著貓咪呼嚕的夜歌。

烈終於恢復了人形，飢餓和精神上的疲勞幾乎擊倒了他。但他勉強睜大眼睛，看著浮空的夜歌……幽靈狀態的夜歌。

「以後，我會稱你『霆烈．霜詠』，而不會視你為小孩子。」她冷豔邪魅的看了他一眼，「因為你讓我自豪了。能夠消滅前上神，終止他的輪迴了。總算跟我有緣分的孩子……不只是笨蛋和廢渣了。」

「那是因為……」但他沒再說下去，因為夜歌抱住他。

「這段旅程，很快樂。」慢慢的透體而過，「對愛麗好一點喔……傳送陣在……角落……」

夜歌消失，讓輪迴帶走了。

飢餓和疲憊都消失了。只剩下寒冷，非常寒冷。

* * *

這樣的結果……很不錯。退場得多帥氣啊，一百分。

若是輪迴晚點來接她，就會被烈看到崩潰的靈體啦，那多不帥氣。首先崩潰遺失的，是她最近才略有體悟的自然，然後真理，然後是黑暗。知識則從最少用的開始崩潰起。

但比別的靈體崩潰得慢，殘留的多了。

算了，都崩潰完也無所謂，重新開始……什麼都忘記……

妳最想要忘記什麼呢？

在隨著輪迴漂流時，她隱隱約約又清晰無比的聽到了詢問。

「我希望，」她淺淺的笑了一下，「徹底忘記霆烈・霜詠。」

代班退場了。就算退場，也得退得漂亮乾淨才行。但她不要記得他，絕對不要。

這就是大巫師逢末・夜歌，最後的尊嚴和希望。

她在意識模糊的最後，似乎聽到了笑聲……可能是錯覺。

……命運是個活該千刀萬剮的詭笑者。

重新出生的夜歌，憤怒異常。她早就知道，多次受創加上幫助烈抵抗龐大不祥的宿命，靈體一定會崩潰得差不多，會變成一個最普通的人類。

她的確忘光了黑暗與真理的所有知識和咒文，許多知識也忘得差不多。她雖然還有若干文字算術上的基本記憶……但她誕生在一個極度封閉，滿村文盲的山村。

連權力最大的那個傢伙也是個裝神弄鬼的神棍……一個字也不認識。

而那個神棍因為供品太少懷恨在心，硬指她這個剛出生的小孩被惡靈附體。所以她的日子……可想而知。

但這些不是最讓她火大的部分。而是……她對一切都模糊淡忘，只有跟烈旅行的那段時間，鮮明的歷歷在目。

命運真是太渾球、太令人痛恨了！

「阿豆，發什麼呆，去提水！」一個水桶從茅草屋裡摔出來，蓬頭垢面的女人對她大吼。

喂喂，我才五歲欸。妳讓五歲的小孩去提滿整個水缸……真的很不道德。不過那是她的生母。血緣未免也太暴力了吧這個。

何況都沒讓她吃飽過。就算真的惡靈附體也是妳生的，更何況沒那回事。

但她已經學聰明了，盡量忽視肚子的飢餓和腦袋的飢餓。畢竟在體力巨大的差距和棍棒的威力下，她也學會保持沉默了。

她學會走路不久，試圖使用胖胖的手指，撿起樹枝在地上回憶練習數字。然後被家人撞見，恐懼的大喊，「這是惡靈的符號啊！」拖去神壇，挨了一頓棍子。

後來長大一點，兩、三歲的時候，她去隱密一點的地方回憶著書寫文字，卻被採野菜的鄰居撞見，恐懼的大喊，「這是惡靈的咀咒啊！」拖去神壇，又挨了一頓棍子。

這個封閉愚昧的山村，咸信驅除惡靈最好的方法，就是把人拖去神壇賞一頓棍子，就可以把惡靈打出來。

總有一天，她會把文字和數字都忘個乾乾淨淨。

真想逃走……看起來只能等到長大，再逃離這個村子了……還要好幾年，甚至不知道自己在哪裡……當小孩真不方便。

「一次就提那麼一點，妳要提到什麼時候？」母親揚起手來毫不客氣的打了她一個踉蹌。

頰上的疼痛和屈辱感，終於引發她的怒火，「如果都潑灑在地，那提再多有什麼用處？一個長期處於飢餓和營養不良的五歲小孩最多就只能提那麼多，根據我的計算，只要三個小時就能提滿，連十一都數不出來的傢伙……」

「天啊！果然是惡靈附身的小孩……」

毫不意外的，她又被拖去神壇挨了一頓棍子。

真是氣死人了。偏偏她恢復力又很好，第二天就能跑能跳，只是很痛而已。

只有仰望天空的時候，她的煩躁才會平靜一點。愛麗和……烈，應該過得很幸福吧？春天的時候，也會去春之祭參加慶典嗎？說起來，她還沒參加過真正的春之祭呢。

等我長大吧。我會逃離這個封閉愚昧的山村，試著通過馬雅學院的考試。當個自由自在的冒險者……去參加一次春之祭典！

絕對，不會有問題的。

但這次，真的打得重了一點，她有點跛的去河裡提水，一跤摔進水裡，眼看水桶就要飄走……這下傷上加傷，再好的恢復力也沒輒。

但水桶卻被撿了起來，那個人，一步步的走向她，蹲了下來。

她慌張的將臉一撇，「……大叔你誰啊，我可不認識你。」

那個黑髮黑眼的少年笑了一笑，冷漠的臉孔像是破開陰霾的冬陽，用標準通用語說，「但我認識妳呢。」

「別胡說了，」她站起來擰乾裙子，「我才不認識。」

少年笑意更深，「妳忘記要說方言了。剛剛可是標準通用語。」

她摀住嘴，自悔怎麼那麼反射動作。而且還讓他看到……這麼狼狽的自己。好丟人。

「夜歌。」少年輕輕呼喚她。

「我叫阿豆……」她注視著少年的臉，張大了嘴，「五年過去了……你、你的臉怎麼、怎麼一點變化也沒有，吭?!」

「六年。」烈糾正她，「我也不清楚。好像是擊敗了前上神，我接收了祂的力量……結果保持不老不死的狀態……大概。」

「大概個屁啊！」她對烈揮拳頭，「你不會去找馬雅學院商量嗎？愛麗有沒有嫌棄你？應該不會吧？她很善良又溫柔，而且對你應該有好感……」

烈苦笑。不管轉世成什麼樣子，現在叫什麼名字，本質是不會變的。

逢末・夜歌，就是逢末・夜歌。

發完脾氣後，夜歌遲疑的問，「你跟愛麗，幸福嗎？」她勉強的笑了笑，「幾個小孩了？」

「愛麗應該很幸福吧……小孩，不知道生了沒有。她前年才結婚，跟神官大人的婚禮聽說很盛大，但我沒有去。」

兒童夜歌的嘴成了一個「O」形，勃然大怒的（踮腳尖）抓著他的前襟，奶聲奶氣的怒吼，「你神經啊？你對愛麗有什麼不滿意？吭？我是拜託神官照顧她，可不是照顧她的後半生啊混帳！」

「愛麗是很好很好的……」烈啞然，是啊，愛麗真的很好，承接了旅行時的記憶，對他很有好感，他知道。

同樣的面容、身形、氣味，遠比夜歌溫柔，也比夜歌甜蜜多了。但內在不對，就什麼都不對了。

「愛麗是很好很好的，但我不喜歡。」他坦承。

「你還想要什麼天仙美女啊我真恨你，跟小說講好的不一樣！」

「因為人生，並不是小說。」烈抓著夜歌嬌小的胳臂，認真的看著她的眼睛，「妳知道我向來嚴守紀律……我也絕對不是隨便講講。夜歌，妳不是代班。」

「……騎士大人，」兒童夜歌扁眼了，「你現在正在誘拐一個五歲的兒童，嚴重的違反法律。」

「去他的法律。」烈平靜的說。

這是規規矩矩的霆烈．霜詠說的話嗎？夜歌瞠目打量他，摸了摸他的額頭。嗯，溫度很正常，沒有發燒。

「我一直在找妳……對不起，即使讓妳教導過，我的占卜還是學得很差……就算見過妳真正的靈魂顏色。」烈鬆了手，一膝跪在她面前，「我只能占卜出大概的方向，找到現在才找到……如果妳過得很好，很幸福，我想，我會一直遠遠的守護妳。

能和妳生活在同個角落就好了。」

看著夜歌手臂和腿上的傷痕累累，甚至親眼目睹她被押去神壇挨打，好幾次他想衝出來阻止。但這是夜歌的人生，他實在不該干涉……不然跟梵離有什麼兩樣？

可她看著天空的眼神，是那麼成熟又熟悉的眼神。

最少也該親自問問她吧？

「妳過得實在……所以，妳要跟我走嗎？」烈認真的問。

「我不需要你的憐憫！」夜歌發火了。

「我是心痛不是憐憫！」烈也高聲了，他蒙著自己的眼睛，勉強自己平靜下來，「讓我帶妳離開這個……這個不把妳當人的地方。妳想去任何地方，都可以。甚至我可以送妳去馬雅學院……求求妳幸福快樂又自由的長大，好好的過這一生，我沒有任何要求，真的……」

「我跟別人戀愛結婚也無所謂囉？」夜歌叉著手臂問。

烈緊繃起來，咬著牙回答，「……沒關係！」

「你怎麼這麼沒有進取心啊?!」夜歌怒目，「我告訴你喔，我這輩子不會是什麼美女……看到我的海苔眉毛沒有？丟進人群找不到的長相！比不上愛麗更比不上前世喔！而且我還把黑暗和真理忘了個精光，除了語言和文字還記得一點，幾乎什麼都沒有了……」

烈一把把她抱在懷裡，「不要緊，都，不要緊。」

……真的變成誘拐兒童了啦。烈變成怪叔叔了，太糟糕。

結果兒童夜歌把鞋子扔一隻在岸上，另一隻扔進水裡。偽造成兒童溺斃的假象，爬上烈的肩膀，很自動自發的被拐走了。

果、果然本質是不會改變的。特別是惡劣的部分。

「我將來會長大，但也會老，會死。」夜歌抱著他的脖子，奶聲奶氣卻老氣橫秋的說，「你做了一個很差的選擇。」

「妳若死了……我會再去找妳。」烈平靜的回答。

夜歌覺得有點毛骨悚然，「……這聽起來像是永生永世的咀咒。」

「有那麼點兒像。」烈笑了起來，「但我會尊重妳的選擇。妳可以說不……啊！」

他的臉被夜歌重重的擰了一下。

「男人要強勢一點啊笨蛋！」夜歌非常的兇，「都有誘拐兒童的勇氣了，令我自豪的男人當然要霸氣一點啦！要這樣，『跟我走』，然後女人就好像中邪一樣跟著走，那才是小說裡的男主角嘛！太沒有男主角的自覺了……」

妳這個立場……該說是堅定還是不堅定呢？

反正還有很長的時間可以思考。

「我打聽到了一點消息，聽說亞爾奎特學院還存在喔，只是遷移到另一個大陸。」

「真的嗎？」

「嗯……等妳長大一點兒，書看膩了，我們出海去尋找吧，如何？」

「不用等我長大，現在就去吧！好期待啊～」

這趟旅程，一定會很有趣。烈默默的想。

只要跟逢末・夜歌在一起。命運總是輪轉向難以預測的方向。連他都整個期待了起來。

（命運之輪完）

番外　極短篇之一

「哦哦，原來如此。」收起黝黑的劍的少女點了點頭，「你會到處殘殺人類，就是因為遭遇到被當成妖魔的過往啊……真是太可憐了，值得同情。」

「妳明白我的心情吧！我這怨恨的心情！」被打敗的魔化戰士悲吼。

「但，那關我啥事，被你殘殺的人全都是傷害過你的人？」以為偷襲成功的半魔戰士被黝黑的劍抵著眉間，不敢寸進。

「為什麼好人就得負責原諒感化你這種混帳殺人魔……當好人也太不值得了吧？很抱歉喔，我不是好人。」

黝黑的劍尖轟然爆出昏暗的劍氣。

他眼睜睜看著自己腦漿迸裂、爆破內臟，血、更多的血！連腸子都流出來……救命！好痛啊……好痛好痛好痛……

晚了一步。烈的額頭滴下一滴汗。「……夜歌！」

嘖。「我沒殺他啦，只是稍微混亂一下他腦中的黑暗，讓他體會體會被害人的痛苦。」擁有濃密眉毛的少女睥睨看著滾來滾去殺豬似大叫的殺人狂，「這種人，連死亡的資格都沒有。」

「……先解除他的幻覺。」烈被慘叫聲鬧得有點頭痛。

「不要！」少女把臉別到一旁，但烈又不說話了。這死牆壁的個性怎麼一直都不改……「明天解除，可以吧？明明說好，任務要給我做的呀！」

但只是要逮捕他……算了。的確是可以逮捕了。

任務是交還了……但是任務發布員黑著眼眶來發布新任務。那個殺人狂慘叫得太淒厲，整個監獄從典獄長到犯人都精神衰弱，劊子手甚至沒辦法執刑……手指拿來堵住耳朵了。

「那種人沒有死亡的資格。」少女夜歌斷然拒絕。

但我們也擁有不精神衰弱的資格啊！

「……其實他死也不足以謝罪。」夜歌睥睨的看著泣訴的布告員，「你們不是都用驢子當動力，在枯水期時打井水灌溉田地嗎？如果交給我處理，他可以好好謝罪，你們也免除精神崩潰喔！」

「夜歌，別玩得太過分。」烈扶額。

「放心放心……」她很高興的哼著歌去，解除了被幻象折磨得死去活來的殺人狂。

一解除，那個殺人狂就知道發生什麼事情了……他破口大罵，「妳這個海苔眉毛的女人！居然用這麼卑劣的手段！……」

「答案錯誤喔。」夜歌極度輕視、俯瞰螻蟻似的看著殺人狂。

「請稱呼我為大巫劍士，逢末・夜歌！」

沒有「大巫劍士」這個職業。烈默默的想。

不畫咒文陣，也沒有法杖，只是將黝黑的劍拄在地，並朝殺人狂揮了一下……

他變成一頭……有雙駝峰的騾子。

「出了一點小差錯……但誤差不遠。」夜歌將頭撇開，「讓他好好的去推水車贖罪吧。」她笑得很粲然，「恭喜你！這個形態大概可以活一百年！」

這真是太神奇了！夜歌因此被小鎮的人大大崇拜，好一陣子吃飯住宿都不用錢。

大巫劍士（自稱）逢末・夜歌。時年十二歲。

濃眉大眼，英氣煥發。↑令人不能忽視的海苔眉毛。

全身帥氣的刺青。↑毫不在乎的刺上精美的黑暗基礎咒文陣，然後使用劍氣加以變化組合。

敏捷高強的身手。↑由第一魔劍士霆烈・霜詠所親導。

過目不忘的強悍記憶力和時靈時不靈的法術。↑前世殘留的天賦。

燦爛卻有點邪氣的笑容。↑迷倒無數無知少女（偶爾有少年）。

最重要的是……

用極度偏差並且滿懷惡意完成任務的惡劣興趣。↑即使轉世也無法泯滅的本質。

看著親手帶大的少女劍士樂顛顛的一頁翻過一頁的看書，烈悶悶的尋找教養類書籍。

是不是我的教育方針有錯誤……？他突然有點喪失信心。

番外　極短篇之二

麥穗村神官大人的出身，說起來很令人感傷。

他是被遺棄在翠綠森林的棄嬰，應該是過往旅人丟下的。若不是老神官突然覺得有點心悸，不由自主的走出神殿，這個可憐的嬰兒可能就凍死在雪地上。

不知道怎麼哺育嬰兒的老神官只好跋涉到半里遠的麥穗村求救，麥穗村民雖然有永冬人固有的剽悍，卻也有永冬人的熱心腸。

這個嬰兒就在幾個同樣有新生兒的媽媽共同哺乳下，慢慢的長大，離乳才讓老神官抱回去撫養。

他的名字也是老神官取的。老神官堅信，是慈悲的春神不忍心看幼小的生命喪生，才讓他這把老骨頭走入霜雪紛飛的樹林裡，所以將他取名為翠芽·雨詩。

這個孩子漸漸長大，果然如春神所賜的姓氏一般，是個溫柔誠實的少年，最後展現天賦，馬雅學院願意收他為學生，他卻執意進入神學院。

「我撫養你是春神的旨意和慈悲，」老神官皺眉，「春神和我都不要你償還什麼。」

「不，這是我自己的意思。」翠芽微笑，「我是麥穗村的孩子，同時也是春神的孩子。侍奉母親安撫村莊，就是我想得到最想做的事情。」

神學院要學的東西很多，課業也非常繁重。他一直保持優異的成績，畢業時是特優生，原本有到永冬城冰霜神殿任職的資格。

但他卻婉拒了，回到故鄉麥穗村，侍奉和官方隱隱對立的春神，兼管圖書館，醫療百姓，照顧日漸年老的老神官。

兩、三年的時光，已經沒有人喊他的名字了，都喊他神官大人。至於老到不行的那一位，是神官爺爺，沒人搞錯過。

每年春之祭都是他忙進忙出，也是他選拔出明年春之祭的少年少女侍者，工作更為繁忙。

但他不管再忙，村人有煩惱要訴說告解時，他都會停下來認真的聽。

他就是這樣讓人忍不住信賴的神官，因為土生土長的關係，村人或許會跟他開開玩笑，和老鐵刮也會互相嘲謔，但心底都是很信賴景仰這位神官大人。

連心防很重的大巫師逢末．夜歌，都對他坦承以對，把一切都告訴他。

這位心腸很軟的神官大人，看到徬徨無措的愛麗出現在神殿，熱淚盈眶，知道大巫師大概再也不會回來了……眼前的這一位，靈魂完全不一樣。

但神官大人善良的隱瞞，照顧著發燒生病的愛麗。後來魔劍士回來，卻失魂落魄，等愛麗痊癒以後，沉默良久的他，只說了三個字：「對不起。」又背起行囊走了。

他不知道該責備誰，或者該怎麼責備。他敏銳的感性讓他明白魔劍士失去所愛不能言狀的痛苦，即使容貌相同，甚至是相同的軀體，也無法屈就。

但愛麗含著眼淚目送魔劍士遠去的背影。他也能感受到那種擁有不屬於自己卻鮮明的記憶，憧憬愛慕對象遠去的悲傷。

「愛麗，那並不是……妳的記憶。」他溫柔的說，「妳並沒有親身體驗……那時妳在神的懷抱沉睡。」

「可、可是……」愛麗的眼淚流下來，晶瑩純潔的戀之淚，「那麼清楚，那麼清晰……我、我好難受……心快裂開來了，神官大人……」

「那就只是，像是一本看得很熟、很著迷的書，著迷到……以為自己就是當中的人物。」神官大人慈悲的撫摸她的頭髮，「但也就只是這樣。」

是嗎？或許是吧。

經過幾個月，愛麗發現，她漸漸淡忘了那個人的輪廓。溫柔的神官大人，和豪邁熱情的麥穗村民，規律的工作和作息，漸漸填滿她每一天，直到她想不起來那個人的模樣。

有點惆悵，但像是美夢或是一本心愛的書，終歸不是她的故事。

那一年秋天，神官大人宣布了明年春之祭侍者的名單，當中居然有愛麗。

村民驚噫，他們都猜測遠行的魔劍士是去執行什麼偉大任務，終究還是會回來的。春之祭的侍者必須是純潔的處子才可以。

神官大人清了清嗓子，「我想，也該說明魔劍士的苦衷和真相了。愛麗・夜歌，是霆烈好友的妹妹。為了某種我不能說的理由，這對兄妹遭遇了不可抗拒的危險，愛麗哥哥臨死前把妹妹託付給魔劍士霆烈，而霆烈的戀人……義無反顧的假扮成愛麗，引開追兵，讓霆烈帶著愛麗歷經千辛萬苦、千山萬水、九死一生才到我們麥穗村。

為了確保愛麗的安全，他們才偽裝成私奔的夫妻。只是他們之間是純潔的，春神可以為我們證明。」

……我並沒有哥哥。愛麗發呆，卻被神官大人攙住手，放入春神前的神聖水泉。泉水漸漸漾出純淨的光芒，而不像結為夫妻的人湧出玫瑰色。

「哦哦哦！」村民驚嘆。

「但是，魔劍士霆烈的戀人卻陷入巨大危機！而愛麗在我們麥穗村和春神的眷顧下能安然度日……所以他才留下愛麗，因為他信賴我們和春神！願春神祝福他與戀人的平安！」

「哦哦哦哦哦！讚美春神！」村民更驚嘆了。

「你小子居然會說謊。」鐵刮老闆低低的對神官大人說。

爆炸性的超級大八卦！愛、友情，與勇氣！被信賴的麥穗村和春神！

「……春神會原諒我的。」神官大人摸了摸自己的鼻頭。

「編得太差勁了，要不是你是神官，鬼才會信。」鐵刮咕噥。

「放心吧。」他露出神聖慈悲的微笑，「大家會幫我把故事補得合理完整。」

「從實招來吧……雖然我也有點感覺……」鐵刮老闆張開蒲扇似的大手拍了一

下神官的肩膀，「但我還是想聽真正的故事。」

「聽完你要收養愛麗喔。」神官大人笑咪咪的豎起纖長的食指。

隔年的仲春日，被老鐵刮收養的愛麗，站在侍者行列最前，神官大人引導著隊伍。嚴肅面容的神官大人，漾著慈悲的溫暖，揚起樹枝，揮灑著泉水，傳達春神的祝福。

春陽將他的頭髮鍍了一層金黃，容顏光亮柔和，謙卑侍奉神明的神官大人。略微纖瘦的肩膀看起來卻那麼可靠。

像是他本身就是春陽。

愛麗的臉孔突然通紅，心臟猛烈的咚了一聲。原來……是這種感覺。跟對大哥哥的憧憬……完完全全，不同。

活著，真好。

頭天的遊行結束，神官發現愛麗的臉紅得嬌豔欲滴，對他低著頭。「愛麗，妳不舒服嗎……？」

她怯怯的抬頭，琥珀色的眼睛像是盛了滿滿的，春雨之詩。

擁有敏銳感性的神官大人，覺得心律強烈不整，臉也跟著紅起來。

或許大巫師和魔劍士會來到麥穗村，這一切之所以會發生……都是春神的旨意，讓他能與愛麗相遇。

讚美春神。

補遺　關於命名

其實我一直有命名無能症併發人名混亂症。所以從篇名到命名都是我卡最兇的時候。

「命運之輪」，這是塔羅牌中的一張，代表命運的無常。但是大家都知道，這本來就是本吐槽型的非羅曼史，所以我當初設定這篇名的時候，就是想把這種無常弄得更荒謬。

我也知道篇名取得太正經了。將來翻開書的讀者一定會啞口無言良久。不過能造成這種「這跟說好的不一樣！」的效果，應該也挺有意思的吧？

大巫師——逢末・夜歌。

其實這是在類西式奇幻小說我最煩也最苦惱的一點，因為取一堆沒有意義的外國名字實在很討厭又不能彰顯角色本質。不過WOW的夜精靈命名給了我靈感。名字和姓氏其實可以有意義的嘛。

逢末，其實就是「遭逢最終末」。替她命真名時，她本來就是二十八歲已達巔峰的大巫師，智慧和知識都臻人類極限。但她的人生卻是從死去（末）才真正開始。

至於姓氏的「夜歌」，也是最常被人稱呼的名字……其實是WOW的配樂「夜之歌」。

「Night song」http://www.youtube.com/watch?v=Z9iqUVY15VI

或許因為個性傲慢自大任性等等人類缺點，所以她的本質被覆蓋。但她真正的本質卻是無拘無束的渾沌，同時追求真理和黑暗，擁抱知識。我很想寫出這首歌的感覺，但筆力所限，所以沒有表達得很好。（遠目）

永冬皇子——霆烈．霜詠。

霆是雷霆，烈是烈火。之所以會是這樣的真名卻如此冷靜沉著，其實這跟他的前世是前上神秩序與雷火之神有關。他的冷靜沉著其實只是表面理性的控制，其本質是雷與火的融合。但前世終究只是前世，轉世後就是不相同的人。所以雖然擁有一個這樣暴躁的名字，他終究還是選擇了理性的道路，這也是他能戰勝前上神的真正關鍵。

至於姓氏的霜詠，因為這是目前永冬王朝的王族姓氏。在一年有四、五個月覆蓋冰霜的國度，崇拜歌詠霜雪的氏族奪得王族之位並不奇怪吧？會有那種強烈野心也是因為崇拜霜雪這種嚴厲冷酷的體現。

大巫師孽徒——梵離・歷森。

（有人想知道他嗎？應該沒有。）

在這裡我將「梵」設定成這個世界某種和真理有關係的「咒文」，所以這名字就成了「背離真理」。當然他的父母會取這名字只是劍士世家崇尚純粹的武力，勉勵他不要過度依賴縹緲虛無的真理，後來會變成「背離真理者」，也是他過分執著的結果。

他會姓歷森是因為他家族原本是在某個森林崛起的劍士，家破人亡後，只有一把劍和姓氏足以代表他的過去。所以他後來成為魔劍士的起始，在他變成巫妖後卻被魔劍士公會當作黑歷史掩蓋。

其實只是名字而已，我為什麼要想這麼多呢？所以我才對自己非常悲傷，這完全是超負荷運載啊……

這真是妄想過度的作者永無止境的耗損和悲哀。

作者的話

寫這本的理由已經在前面說過了，只是寫到一半的時候……我發現我加了許多無謂的設定。

不但多設定了許多，而且慢慢從吐槽型非羅曼史變成少年和少女（？）成長小說。

……這跟說好的不一樣！

嘻嘻哈哈過去不行嗎？戰鬥不要寫不行嗎？角色成長……誰會注意啊？本來就是吐槽而已，不用追求合理性啊！

等我回過神來，事情已經不可挽回了。（轉頭）

而且我幹嘛自掘墳墓，連冰山一角的神族設定也搞出來……有病啊我？我不是決定在退休之前都當作沒這回事嗎？

（崩潰）

還跑去提醒讀者的記憶……我不是自掘墳墓，而是給自己挖十八層地獄啊！不要提醒他們，他們就會忘記了嘛，還有那麼多坑待補，為什麼我會這麼做……

擺在浩瀚無垠的腦海宇宙不好嗎？為什麼要挖出來……

所以我呆了很久，試圖更改烈的宿命。

……結果我寫不出來。（再次轉頭）

我也想過，不要讓烈殺他劍術老師好了，不要死半個人好了。反正是輕鬆小品嘛！

……結果我也無法避免。（三次轉頭）

因為要更動這些東西，就必須從最基礎的人設完全更改。甚至連永冬人的民族性都要改掉，也就是說……這部小說整個都崩塌了。

不然，我們來穢土轉生好了……屁啦！我還不如乾脆「你、你說什麼？」、「卍解！」還能擺一下pose勒！

所以在幾天沒睡好的考慮下，還是變成這樣了。（黯淡）

而且非常沉重的發現，我就是沒辦法很純粹的踩在類別裡，連吐槽都沒辦法純粹的吐槽，搞笑也硬要擠出合理性……這一定是某種強迫症。

更糟糕的是，老闆居然覺得沒問題，打算把書給出了……真的，沒問題嗎？要寫多少註解讀者才會懂啊老天……而且跑的是《來自遠方》的觸發，真的不要緊嗎？哈哈哈，暫時不要想那些好了。

某方面我也是很任性傲慢自大，不同的是，我會懊悔和無言。

我想到那本厚厚的註解，就會覺得日月無光、生命黯淡……人生真是充滿玫瑰，而且我的只長荊棘不長花……

說不定我只適合寫同人小說。（遠目）這樣就不會自掘十八層地獄……

所以我補了番外篇和釋名，就是希望可以不要寫註解。（可能嗎……？）

每每後悔，次次自坑。

我強烈得覺得自己就是很可悲的M。真不想承認這個事實。（泣奔）

果然我的人生只能用有病和很M來概括說明。真是悲傷至極。

希望翻開這本小說的讀者，不會腦袋和靈魂過熱，衷心為你們祈禱，阿們。

蝴蝶 2012/2/16

國家圖書館出版品預行編目資料

命運之輪 / 蝴蝶 著. -- 初版.
-- 新北市 : 雅書堂文化, 2012.06
面； 公分. -- (蝴蝶館 ; 56)
ISBN 978-986-302-055-4 (平裝)

857.7 101008862

蝴蝶館 56

命運之輪

作　　者／蝴　蝶
發 行 人／詹慶和
總 編 輯／蔡麗玲
執行編輯／蔡毓玲・蔡竺玲
編　　輯／林昱彤・黃薇之・劉蕙寧・詹凱雲・李盈儀
封面設計／斐類設計
執行美編／陳麗娜
美術編輯／王婷婷

出版者／雅書堂文化事業有限公司
郵政劃撥帳號／18225950
戶名／雅書堂文化事業有限公司
地址／新北市板橋區板新路206號3樓
電子信箱／elegant.books@msa.hinet.net
電話／（02）8952-4078
傳真／（02）8952-4084

2012年06月初版一刷　定價240元

總經銷／朝日文化事業有限公司
進退貨地址／新北市中和區橋安街15巷1號7樓
電話／（02）2249-7714　傳真／（02）2249-8715
星馬地區總代理：諾文文化事業私人有限公司
新加坡／Novum Organum Publishing House (Pte) Ltd.
20 Old Toh Tuck Road, Singapore 597655.
TEL：65-6462-6141　FAX：65-6469-4043
馬來西亞／Novum Organum Publishing House (M) Sdn. Bhd.
No. 8, Jalan 7/118B, Desa Tun Razak, 56000 Kuala Lumpur, Malaysia
TEL：603-9179-6333　FAX：603-9179-6060

Seba・蝴蝶

Seba · 蝴蝶